현세귀환록

현세귀환록 7

초판 1쇄 인쇄일 2015년 8월 17일 ㅣ **초판 1쇄 발행일** 2015년 8월 19일

지은이 아르케 ㅣ **펴낸이** 곽중열 ㅣ **담당편집 팀장** 이범수
편집부 신연제 이윤아 김호성 김은경

펴낸곳 (주)조은세상 ㅣ **출판등록** 제 2002-23호
주소 경기도 연천군 미산면 청정로 1355
TEL 편집부 02)587-2966 ㅣ FAX 02)587-2922
e-mail bukdu@comics21c.co.kr

ⓒ아르케 2014
ISBN 979-11-5832-226-7 ㅣ ISBN 979-11-5512-878-7(set) ㅣ 값 8,000원

현세귀환록

現世歸還錄

7

아르케 현대 판타지 장편소설

NEO MODERN FANTASY STORY & ADVENTURE

북두
(주)좋은세상

CONTENTS

NEO MODERN FANTASY STORY & ADVENTURE

1장. 정리 ··· 7

2장. 시작 ··· 33

3장. 재회 ··· 77

4장. 광검 ··· 105

5장. 등장 ··· 141

6장. 통일 ··· 169

7장. 확전 ··· 197

8장. 해원 ··· 251

現世
歸還錄

1장. 정리

NEO MODERN FANTASY STORY & ADVENTURE

현세귀환록

現世
歸還錄

1장. 정리

"의장님! 큰일 났습니다!"

메르딘의 방으로 연결된 이동마법진에 나타난 회색로브를 입은 60대의 대머리 마법사가 호들갑을 떨면서 메르딘에게 다가왔다.

화려한 백색로브를 입고 고풍스러운 원목 테이블에 앉아 서류에 서명을 하던 메르딘은 깃털 펜을 놓고 황급히 다가온 대머리 마법사에게 물었다.

"무슨 일이오. 하디우스 탑주."

"무… 무림맹주가 죽었다고 합니다!"

뜻밖의 충격적인 소식에 메르딘은 자리에서 벌떡 일어나며 외치듯이 물었다.

"뭐라고요? 다시 한 번 말해보시오. 정말 무림맹주, 그러니까 독고패 맹주가 죽은 것이 확실한 것이오?"

"네, 확실합니다. 무공을 배우기 위해서 무림맹에 파견 나갔던 파르돈에게서 온 연락입니다."

파르돈에게 나온 정보라는 사실에 그 정보의 신뢰성을 확인한 메르딘은 털썩 자리에 앉으면서 말했다.

"파르돈이? 허…. 도대체 언제 그런 것이오?"

"아직까지 정확한 시간까지는 알 수 없으나 일단 어제 그런 것으로 추정됩니다. 더군다나 무림맹주 뿐만 아니라 사천왕이라 불리는 마스터 급의 고수들도 다 같이 목숨을 잃었다고 합니다."

"허어…. 다른 사람은 몰라도 무림맹주는 그랜드마스터의 고수인데 누가 그를 죽였다는 말이오? 흉수까지 밝혀졌소?"

"내부적으로는 약간 쉬쉬하는 분위기지만 퍼니셔라는 소문이 파다합니다."

메르딘은 어느 정도는 예상 한 듯 흉수가 퍼니셔라는 것에는 크게 놀라지 않았다.

"퍼니셔라면… 결국 무림맹주가 일을 벌였던 것이었군… 그런데 퍼니셔가 그 정도의 강자였단 말인가… 아. 혹시 퍼니셔의 상태는 확인 되었소? 어느 정도 부상을 입었소?"

現世
歸還錄　7

당연히 부상을 입었을 것이라 추측하며 메르딘은 다시 물었다. 하지만 하디우스의 대답은 메르딘의 기대와는 달랐다.

"그…. 그게…. 퍼니셔는 멀쩡한 것 같습니다."

그래도 그랜드마스터와 싸웠는데 퍼니셔가 멀쩡하다는 사실에 메르딘은 다소 의아해하는 눈치였다.

"멀쩡하다고? 지금 같이 여행을 하는 가족과 일행들도 멀쩡한 것이오?"

"네, 의장님께 오기 전에 퍼니셔에 관한 사항을 확인해 보니 모두가 멀쩡한 상태로 일행과 함께 홍콩에 입국한 것으로 파악되었습니다."

"홍콩? 어제까지 세부에 있다고 하지 않았소?"

"홍콩의 출입국 기록에 퍼니셔 일행의 기록이 나타났습니다. 다만 전용기가 출입국 기록보다 더 늦게 도착한 것으로 보아 비행기를 이용한 것이 아니라 공간이동으로 움직였을 것으로 추정됩니다."

하디우스는 올림포스에서 고위직, 특히 정보를 다루는 백탑의 탑주였기에 메르딘은 그에게 퍼니셔에 대한 정보를 공유하였었다. 즉, 하디우스 역시 퍼니셔가 강민임을 알고 있는 상태였다.

"허… 그렇다면 퍼니셔가 독고맹주를 압도했다는 것인가? 아. 혹시 전투가 벌어진 곳의 대지의 기억은 확보했소?"

"시도는 해봤지만…."

"해봤지만?"

"그게… 대지의 기억 대부분 소실되어 버린 상태였습니다. 아무래도 전투가 격렬했는지 수용할 수 있는 한계 이상의 큰 마나 폭발이 발생한 것 같습니다."

하디우스의 말에 메르딘 역시 납득이 가는지 고개를 끄덕였지만 혹시나 하는 심정으로 복원에 대해서 물었다.

"하긴… 그랜드 마스터간의 대결이니… 그렇다면 복원은 힘들겠지?"

역시나 하디우스의 대답은 부정적이었다.

"아무래도 힘들 것 같습니다. 다만 여기 전투가 벌어진 곳의 모습은 여기 있습니다."

사전에 준비를 한 것인지 하디우스는 품에서 주먹만한 수정구를 꺼내어 마나를 주입하였고, 잠시 푸른빛을 발하던 수정구는 세부 해변의 처참한 모습을 3D 영상처럼 메르딘의 전면에 펼쳐놓았다. 보여지는 영상의 해변가는 융단폭격을 맞은 것처럼 사방이 초토화가 되어 있었다.

그 모습을 본 메르딘은 잠시 아무 말 없이 생각에 잠겼다. 하디우스 역시 메르딘의 생각을 방해하지 않으려 굳이 입을 열지 않았다.

그렇게 둘 사이에는 잠시간의 침묵이 흘렀다. 오분 여의 시간이 지났을까. 생각을 정리한 듯 보이는 메르딘이 눈을 빛내며 하디우스에게 말했다.

"이제 이능계의 질서가 크게 바뀌겠군. 그랜드 마스터의 경지에 오른 무림맹주를 아무런 피해 없이 해치웠다는 것은 그보다 한 등급 위의 강자라는 말이겠지. 우리 식으로 말한다면 10서클에 도달하였을지도 모르겠소."

"10서클!"

10서클이라는 말에 하디우스는 경악한 표정으로 외쳤다. 그만큼 마법사들에게 10서클은 전설적인 경지였다.

과거 올림포스를 창설했던 칼로파만이 10서클에 도달하였을 뿐 그를 제외하고는 누구도 10서클을 밟아보지 못하였다.

현재 메르딘 역시 그랜드 마스터와 동급인 9서클의 마법사일 뿐이었고, 10서클로 가는 길은 아직 감조차 잡고 있지 못한 상태였다.

"우리 올림포스의 포지션을 재고(再考)해봐야겠소. 향후 우리 올림포스는 퍼니셔에게 적대적인 태도를 보여서는 안 될 것이오. 앞으로 이능세계는 퍼니셔 중심으로 돌아갈 것이니 말이오."

"그… 그 정도 입니까…"

"그렇소. 9서클과 10서클의 차이는 7서클과 9서클의 격차보다도 훨씬 더 큰 차이가 나는 것이니, 어쩌면 당연한 결과겠지."

이제야 메르딘은 강민에 대한 제대로 된 평가를 내렸다. 하지만 너무 늦었다.

메르딘은 모르고 있었지만 강민은 독고패의 기억을 읽었기에 이미 메르딘의 생각과 발언들을 다 알고 있었기 때문이었다.

그리고 그의 생각이 늦었다는 것을 알려주기나 하는 듯 올림포스의 감싸고 있는 방어 마법진이 크게 흔들리더니 엄청난 마나 파장을 내면서 사라져버렸다.

방어 마법진 뿐이 아니었다. 은신 마법진, 마나집적 마법진, 공간이동 마법진, 탐색 마법진 등 삼천년이 넘는 시간 동안 쌓아온 올림포스 본진을 감싼 마법진의 총화(總和)가 일순간에 다 날아가 버린 것이었다.

"헉! 이게 무슨 일이오?"

정보를 다룬다는 백탑의 탑주 하디우스였지만, 지금 이 상황은 전혀 알 수 없었다. 그래서 더듬거리며 메르딘에게 허둥지둥 대답했다.

"그… 글쎄요… 외부의 고… 공격 아닐까요?"

"누가 우릴 공격한다는 말인가?"

"저… 저도 잘…."

은신 마법진이 있긴 하였지만 이능세계의 실질적인 수장이나 마찬가지인 올림포스이기에 많은 이능력자들은 올림포스의 위치를 알고 있었다.

하지만 누구도 올림포스를 공격할 생각을 하지 않았다. 올림포스를 적대한다는 것은 이세상의 마법사 전체와 싸우는 것과 마찬가지이기 때문이었다.

현재 알려진 거의 대부분의 마법은 올림포스에서 만들어진 것이었다. 일부 올림포스 소속이 아닌 마법사들의 독창적인 마법들도 있지만, 그 마법조차 근간은 올림포스의 마법인 경우가 많았다.

이런 것이 가능한 것은 올림포스는 정당한 대가만 지불한다면 올림포스에서 탈퇴하는 것에 큰 제한을 두지 않았기 때문이었다.

그래서 독립을 원하는 마법사들은 새로운 마법이나 마법이론 등을 제공하고 올림포스를 떠나는 경우가 간혹 있었고, 그렇게 올림포스에서 탈퇴한 마법사들이 따로 제자를 두는 경우, 그들은 올림포스 소속은 아니나 그 마법의 근간은 올림포스라 할 수 있었다.

그렇기에 마법사들은 누구나 자신의 뿌리가 올림포스라 생각하고 있었다.

무림맹이 강대한 무력을 자랑한다 할지언정, 세상에 미치는 영향력만을 따지면 올림포스의 십분지일도 되지 않았다.

무인이 세상에 미치는 영향력과 마법사가 세상에 미치는 영향력은 그 파급력에서 비교가 되지 않기 때문이었다.

어쨌든 그렇게 무적(無敵)이라 할 만한 올림포스의 본진이 공격받은 것은 올림포스가 제대로 모습을 갖춘 이후 처음 있는 일이었다.

더군다나 적이 무슨 방법을 썼는지 탐색 마법진까지 파훼되어 버려 지금 적이 몇 명인지 무슨 공격을 하는지 조차 알 수 없는 상황이었다.

메르딘은 순간적으로 당황하였지만 그는 이미 산전수전을 다 겪은 9서클 마법사였다. 즉각적인 임기응변에 나섰다.

메르딘은 재빨리 테이블 위를 치우더니 들고 있던 펜으로 간이 마법진을 그렸다. 순식간에 마법진을 완성한 메르딘은 즉각 마나를 불어넣어 새로운 마법진을 활성화시켰다.

마법진이 활성화 되는 것으로 보아 적의 공격은 기존의 마법진을 날려버리는 것이지 새로이 그리는 마법진까지 영향을 주지는 못하는 것 같았다.

메르딘이 그린 마법진은 간이 탐색 마법진이었다. 우선 올림포스 인근만을 대상으로 탐색하는 마법진이었는데 간이 마법진이지만 그 유효거리는 3킬로미터에 육박하여 웬만한 적들은 다 탐지가 가능한 마법진이었다.

하지만 마법진에는 아무런 반응이 없었다. 3킬로미터 범위 내에는 적이 없다는 의미였다. 그런 마법진의 반응에 의아해 하며 메르딘은 가만히 중얼거렸다.

"음? 이럴 리가 없는데…."

"왜 그러십니까, 의장님? 뭔가가 잘못되었습니까?"

메르딘은 하디우스에 질문에 대답하지 않은 채, 마법진에 마나를 주입하여 탐색범위를 넓혀나갔다.

간이 마법진이지만 9서클 마법사인 메르딘 자신이 직접 운용한다면 충분히 더 넓은 범위의 탐색이 가능하였다.

그러나 10킬로미터까지 탐색범위를 넓혀도 여전히 적대적인 마나 반응은 없었다.

'적대적 마나가 없다? 그렇다면 내부에서 실험하다 마법진의 핵을 건드렸다는 것인가…. 하지만 내가 알기로 그 정도로 큰 규모의 실험은 지금 없는 것으로 알고 있는데….'

생각을 정리한 메르딘은 하디우스에게 질문을 던졌다.

"하디우스 탑주. 지금 S급 이상의 마법 실험 목록과 그 내용에 대해서 조사해서 알려주시오. 혹시 승인 받지 않고

시행한 실험이 있지 않은지도 철저히 조사해야 할 것이
오."

"아! 그런 것입니까? 네. 알겠습니다. 즉시 조사해서 보
고 드리겠습니다."

하디우스 역시 경지에 오른 마법사이기에 조금 전 메르
딘이 시전한 마법진이 어떤 마법진인지는 잘 알고 있었
다.

그리고 이 마법진의 시전 이후 지금과 같은 지시가 내려
왔다는 것은 메르딘은 이번 사건을 적의 공격이 아니라 내
부 실험의 실패에 따른 여파로 보고 있다는 것을 알 수 있
었다.

하디우스는 조금 전까지의 황망한 표정을 지우고 한숨
돌렸다는 모습으로 메르딘의 방을 벗어났다.

하지만 메르딘은 하디우스가 나간 뒤로도 여전히 찌
푸린 표정을 하고 있었다. 적의 공격이 아니라 내부 실
험의 실패라 해도 지금의 손실은 너무나 컸기 때문이었
다.

'허… 사소한 마법진을 제외하고 초대형 마법진만 해도
10개가 넘는데 마법진간의 상호교류와 보완까지 생각하면
서 다시 그리려면 족히 10년은 걸리겠구만… 어느 녀석이
한 실험인지는 모르겠지만 뼈 속 마나까지 갈아서 마법진
을 그리는데 써야겠어! 휴….'

이미 메르딘의 머릿속에는 외부 공격이라는 생각은 없었다. 내부 실험 실패라고 확신하고 있는 메르딘은 향후 수습을 어찌 할 것인지만 고민 중이었다.

그 순간이었다. 갑자기 뭔가 이질적인 느낌이 들더니 주위에서 느껴지던 올림포스 소속 마법사들의 기운이 다 사라졌다.

'뭐지? 단체로 공간이동이라도 한 것인가? 아니야. 공간이동의 마나패턴은 없었는데? 어떻게 된 것이지?'

이상한 느낌에 메르딘은 탑의 아래로 공간이동을 시도하였으나 공간이동의 마법은 발현되지 않았다.

"어떻게 된 것이지?"

그 때 자신의 뒤에서 들려오는 여성의 목소리가 있었다.

"9서클 마법사라더니 아직도 모르는 건가?"

갑작스러운 목소리에 메르딘은 황급히 뒤를 돌아보았는데, 그 곳에는 만난 적은 없었지만 익히 얼굴을 알고 있는 두 사람이 서 있었다. 바로 강민과 유리엘이었다.

"다…당신들은!"

강민과 유리엘은 굳이 인식장애 마법을 펼치지도 않았기 때문에 메르딘은 별 다른 조치를 취하지 않았음에도 둘의 얼굴을 바로 알아볼 수 있었다.

둘이 인식장애 마법을 사용하지 않은 이유는 어차피 위

원회에서는 퍼니셔가 강민인 것임을 알고 있었기 때문이었다.

물론 다른 방식의 인식장애마법과 퍼니셔가 아닌 다른 이름을 쓴다면, 잠시나마 정체를 숨길 수는 있겠지만 지금 이 상황에서는 크게 의미가 없었기에 마법을 시전하지 않았던 것이었다.

둘을 알아본 메르딘은 외마디 외침과 동시에 미리 준비해 놓았던 마법주문들의 트리거를 당기며 빠르게 전투태세를 갖추었다.

올림포스의 마법진까지 날려버리고 자신의 앞에 나타났다면 적대적인 감정을 갖고 있음이 분명하였기 때문이었다.

9서클 마법사라 그런지 메르딘의 전투태세는 다른 여느 마법사와 달랐다. 하나의 트리거만을 작동시켰을 뿐인데 십수 번의 마나유동이 발생하며 메르딘의 온 몸은 갖가지 방어마법과 보조마법으로 둘러싸여졌다.

그런 메르딘의 마법을 본 유리엘이 약간 감탄하듯이 말했다.

"호오. 에테르 아머에 크리스탈 실드, 아케인 배리어까지 많기도 하네. 역시 9서클이라는 건가. 그런데 이제 준비가 끝난 거야?"

하지만 지금 메르딘은 그녀의 질문에 대답할 정신은 없

었다. 빠르게 기본적인 전투준비를 마친 메르딘은 서둘러 둘을 스캐닝하였다.

어느 정도 실력인지는 알아야 대응을 할 수 있을 것이기 때문이었다. 그러나 당연히 메르딘의 수준으로는 둘의 경지가 탐색되지 않았다.

만일 독고패의 죽음을 알기 전이었다면 뭔가 특수한 방법이나 또 다른 마법으로 경지를 감추고 있을 것이라 생각했겠지만, 지금은 자신을 훨씬 능가하는 경지라 둘을 탐색할 수 없음을 알 수 있었다.

'퍼니셔라 불리는 강민은 어느 정도 예상했었는데, 저 유리엘이라는 마법사 역시 9서클을 뛰어넘는 경지였다는 것인가? 휴… 정말 대적을 만났구나… 그런데 이 공간은 뭐지?'

메르딘은 알 수 없었지만 이 곳은 유리엘이 펼친 아공간의 일부였다. 유리엘은 순간적으로 메르딘이 있는 공간을 삼켜 현실을 토대로 현실과 똑같은 모습의 아공간을 형성하였기에 처음에 메르딘은 자신이 다른 공간에 온 것도 모르고 있었다.

하지만 그 역시 9서클 마법사였다. 뭔가 이상한 점을 느끼고 재빨리 상황을 파악한 결과, 지금은 이 공간이 현실과 격리된 별도의 공간임을 알 수 있었다. 즉, 다른 마법사들이 사라진 것이 아니라 자신이 다른 공간에 들어온 것임을 알아차린 것이었다.

'차원결계를 펼친 것과 비슷한 효과인 것 같은데. 이 결계를 파훼하기 전에는 탈출조차 할 수 없겠군… 그런데 대체 언제 그런 결계를 펼친 것이지? 전혀 그런 낌새도 없었는데 말이야. 마법진이 날아가고 하디우스가 나간 직후 인 것 같은데… 역시 10서클이라는 것인가? 정말 상상 이상 이로군….'

공간에 대한 사실까지 알게 된 메르딘은 지금 전투태세를 갖추며 싸울 준비를 하긴 하였지만 이미 자신이 이길 가능성이, 아니 살아남을 가능성이 극히 낮다고 판단하고 있었다.

결론적으로 전투는 지금 상황을 헤쳐나갈 수 있는 방법이 아니었다. 다른 방법이 필요하였다. 그렇게 머리를 굴리고 있는 메르딘에게 다시금 유리엘이 말을 건넸다.

"대답이 없는 것을 보니 준비가 끝났나보네. 일단 가볍게 가볼까?"

"자… 잠깐!"

"응? 왜 그래?"

"대… 대화를 나눠봅시다!"

메르딘이 생각한 방법은 대화였다. 대화를 통해서 빠져나갈 구멍을 찾으려는 것이었다.

"대화?"

"그렇소! 무슨 일로 우리 올림포스를 공격하는지 모르 겠지만 서로 대화를 한다면 분명 쌓인 오해를 풀 수 있을 것이오!"

"오해? 독고패가 죽은 것을 아직 모르고 있는 거야?"

"알고 있소. 그렇지만 독고 맹주가 죽은 것이 우리를 공 격하는 것과 무슨 상관이오?"

사실 지금 메르딘은 갑작스러운 퍼니셔의 공격에 대해 서 무척이나 당황하고 있었다. 지금까지 올림포스와 퍼니 셔가 직접 엮인 일은 아직까지 없었기 때문이었다.

메르딘의 이번 질문에 대한 답은 유리엘이 아니라 강민 이 하였다.

"네 녀석들이 회의에서 무슨 논의를 했는지 잘 알고 있 다. 내 약점을 잡아서 날 위협하고 웜홀 탐색기를 빼앗는 다고 하지 않았나?"

"그… 그것은…."

강민이 회의 내용을 알고 있다는 말에 메르딘은 당황해 하며 내심 인상을 찌푸렸다.

'독고맹주는 왜 쓸데없는 소리를 이 자에게 했지? 이 런 강자에게 자신이 확실히 이길 것이라 생각했던 것인 가?'

강민과 독고패 사이에 벌어진 일을 모르는 메르딘은 당

연히 강민이 독고패의 기억을 읽었다는 것을 알 수 없었
다. 그래서 메르딘은 독고패가 회의 내용을 직접 말을 했
을 것이라 생각하였다.

"독고맹주에게 무슨 이야기를 들은 것인지는 모르겠지
만 그것이 우리 위원회의 공식적인 입장은 아니오. 충분히
대화를 통해서 풀어갈 여지가 있을 것이오."

"대화라… 대화 좋지. 처음부터 이렇게 대화를 하려했
다면 우리가 이렇게 만날 일도 없었겠지?"

"그건…."

"뭐 어쨌든 마지막 말이나 들어보자. 그래, 무슨 말을
하고 싶은 것이냐?"

강민의 적대감은 여전하였지만 일단 대화를 할 여지가
있다는 점에 안도한 메르딘은 재빨리 말을 이었다.

"일단 독고맹주의 독단적인 행동에 대해서 위원회 의
장의 이름으로 먼저 사과드리고 싶소. 분명 회의에서 그
런 식의 말이 나온 것은 맞지만 그것은 일부 위원들의 이
야기였소. 위원회 전체의 결정이 내려진 부분은 아니
오."

메르딘 역시 그런 의견에 동의를 하였지만 자신은 그러
지 않았다는 식으로 말을 하였다. 하지만 이미 사실을 알
고 있는 강민은 속으로 코웃음을 쳤다.

"물론 그런 논의는 한 잘못에 대해서는 부인할 수 없을

것이오. 그래서 말씀드리는 것인데 우리 위원회에 원하는 것이 있다면 의장의 이름으로 다 들어 주겠소. 사죄의 뜻이라 생각해도 좋소. 만약 의장의 자리를 원한다면 그것 또한 충분히 들어줄 용의가 있소."

유니온이 표면적인 이능세계의 관리자라면, 위원회는 실질적인 이능세계의 지배자였다. 그 위원회의 의장이라면 실제로 이능세계의 정점이라 보아도 무방할 만큼 엄청난 자리였다.

지금 메르딘은 그 자리를 양도해준다고 강민에게 말하고 있는 것이었다.

"허… 의장까지? 너무 무리하는 것 아닌가, 메르딘 의장?"

"독고맹주를 상처하나 없이 해치운 것으로 보아 그랜드 마스터 조차 뛰어넘은 경지라 보이는데, 이 정도 제안은 어쩌면 당연한 것이라 할 수 있겠지요."

"역시나 실력을 보여야 하는 것이군. 그런데 어쩌지? 위원회의 의장 같은 귀찮은 것을 할 생각은 없는데 말이야."

"그럼 무엇을 원하시오? 원하는 것을 말해주면 그대로 다 들어주겠소."

강민과 유리엘은 메르딘을 처리하기 위해서 이 곳 올림포스까지 왔지만, 메르딘이 이렇게 저자세로 나오자 다소 김이 빠져버렸다.

꼭 필요한 경우가 아니라면 이렇게 저항을 포기한 자를 그냥 죽이는 것은 강민의 취향은 아니었다. 그래서 그에 대한 처분을 망설이던 강민은 유리엘에게 심어를 보냈다.

[유리, 어쩔까? 이렇게 나오는 녀석을 그냥 처리하기도 찝찝한데 말이야.]

[그러게요. 이럴 줄 알았다면 애초에 실력을 보일 것을 그랬나 봐요. 그랬으면 이런 번거로운 일들도 없었을 텐데 말이에요.]

[뭐, 처음부터 이럴 생각은 아니었잖아.]

처음에 강민이 이곳에 와서 한 생각은 단순하였다. 가족들을 지켜주고 그들에게 무시당하지 않을 만큼의 힘을 주려 하였었다. 그렇기에 행동양식조차 그에 맞추었었다.

하지만 철저히 능력을 감추려고 마음먹지 않는 이상, 능력을 가진 자는 언제나 낭중지추(囊中之錐)처럼 드러나게 되어 있었다.

강민도 마찬가지였다. 강서영을 위해서 회사를 세우고 최강훈 등과 인연을 맺다보니 결국은 이렇게 이능세계의 지배자인 위원회와도 이렇게 정면으로 충돌하게 된 것이었다.

[어쨌든 일은 벌어졌으니 어느 정도의 징치(懲治)와 수습은 필요하겠죠. 그냥 물러나는 것도 우습잖아요.]

[그래, 그래야지.]

메르딘은 알 수 없었지만, 강민과 유리엘은 한 동안 심어를 통해서 대화를 나누었다. 얼마 지나지 않아 강민과 유리엘의 대화가 끝났고 대화를 통해 생각을 정리한 강민이 메르딘에게 말했다.

"위원회의 의장인 당신 정도는 처리하려고 했는데 이렇게 저자세로 나오니 김이 빠지는 군."

강민의 말에서 삶에 대한 희망을 본 메르딘은 자연스레 그의 말에 반문하였다.

"그렇다면…?"

"그래, 죽이지는 않겠다는 것이지. 다만."

"다만?"

"위원회를 해체 하도록, 그리고 전력의 삼분지 일은 유니온으로 보내."

이것이 강민과 유리엘이 내린 결론이었다. 위원회 소속의 각 단체들이 힘이 강성하였지만 위원회라는 연결고리를 끊어버린다면 전체로서의 그 힘은 극히 떨어질 것이었다.

거기다가 올림포스의 힘을 덜어내어 유니온에 힘을 실어 준다면 하나의 단체로서 가질 수 있는 힘은 유니온이 가장 크다 할 수 있었다.

그렇게 된다면 유니온을 통해서 이능세계 전체를 컨트롤하기도 쉬워져서, 굳이 위원회를 구성하는 각 단체를 없애지 않아도 강민이 원하는 상황이 만들어질 수 있었다.

즉, 각 이능력자들이 세력을 유지한 상태에서 차원 통합을 맞이하는 상황이 되는 것이었다.

더군다나 지금 메르딘의 태도를 보아하니 더 이상 뒷수작을 부릴 엄두도 내지 못하는 것처럼 보였다. 만일 이런 기회에도 전과 같은 행동을 한다면 그 때는 일말의 망설임도 없이 쳐내버릴 것이라 강민은 생각하고 있었다.

"그… 그건…."

"의장직도 내놓는다더니 이런 일은 할 수 없는 것인가?"

"아니, 아니오. 아무리 내가 의장이라지만 위원회의 해체는 위원들의 동의가 필요한 것이라…."

"그 정도 능력도 없는 것인가? 아. 못하겠다면 괜찮아. 내가 너를 포함하여 각 위원들을 해치워버린다면 자연스레 위원회도 없어지겠지."

다른 사람이 이런 말을 한다면 농담이라 생각할 수 있겠지만 강민은 충분히 그럴 능력이 있는 사람이었다. 그렇기에 메르딘은 허둥지둥 말을 이었다.

"해체하오. 해체할 것이오. 다만 조금만 시간을 주시오."

"삼일이다."

"삼일로는…."

"그 이상 걸린다면 그냥 없애 버릴 테니 그렇게 알도록. 아. 일루미나티에게는 별도로 연락하지 않아도 좋을 것이야."

갑작스럽게 일루미나티에 대한 이야기가 나오자 메르딘은 의아한 표정으로 강민을 보며 물었다.

"일루미나티는 왜…?"

"그 놈들은 지금 대화와 관계없이 없애버리려고 했으니 말이야."

강민의 말에 메르딘은 일루미나티의 명복을 빌어줄 수밖에 없었다. 이 정도 강자가 노리고 있다면 그들의 운명은 뻔했기 때문이었다.

"대화를 원한다면 전과 마찬가지로 유니온의 벤자민을 통해서 하도록. 참고로 말하자면 벤자민은 이미 내 수하가 되었으니 허튼 수작을 부리면 다 알 수 있어."

메르딘은 유니온이 이미 강민의 손에 넘어갔다는 사실에 깜짝 놀랐지만, 어차피 퍼니셔와 통하는 창구는 벤자민밖에 없었고 그간 벤자민의 행적을 생각하니 상황이 이해가 갔다.

"아… 알겠소이다."

"그럼 두고 보지."

두고 보자는 말과 함께 강민과 유리엘의 모습은 사라져 버렸다. 둘이 사라짐과 동시에 메르딘의 기감에는 수많은 수하 마법사들의 마나들이 잡혔다. 다시 원래 자신이 있던 공간으로 돌아온 것이었다.

'허어… 이 정도 강자였다니… 우리가 정말 잘못 생각 했었군… 일단 어서 위원들에게 연락하여 퍼니셔의 무력 과 위원회의 해체를 알려야겠군.'

사라진 마법진들을 재구축하기 위한 회의와 위원회 해 체 연락 등으로 바쁘게 움직이던 메르딘에게 일루미나티 의 사멸(死滅)이 알려진 것은 불과 세 시간 뒤였다.

일루미나티는 해체 된 것이 아니라 말 그대로 사멸해버 렸다. 본부에 있던 모든 일루미나티의 회원들이 모두 사라 져버렸기 때문이었다.

이스라엘의 예루살렘 인근에 위치한 일루미나티 본부 역시 엄청난 크기의 크레이터만을 남기고 사라져 버렸기 에 회원들의 시체조차 볼 수가 없었다.

지금 뉴스에서 보여지는 사건 현장은 마치 핵폭탄이 떨어진 것처럼 큰 폭발 흔적이 남아 있었는데, 유니온의 정보 관제 때문에 일반세계의 뉴스에는 이스라엘의 미사

일 저장고가 터졌다는 식의 언급만이 흘러나오고 있었
다.

2장. 시작

NEO MODERN FANTASY STORY & ADVENTURE

현세귀환록

現世
歸還錄

NEO MODERN FANTASY STORY & ADVENTURE

2장. 시작

　　세 달 일정으로 잡고 시작했던 가족들과의 여행은 그 두 배의 시간인 6개월이 넘어서 모두 끝났다. 늦여름에 시작했던 여행이 봄이 되어서야 마친 것이었다.

　　그 사이 한국의 정세는 많은 변화가 있었다. 새로운 대통령이 뽑혔고, 새로운 국회가 구성이 되었다. 하지만 그럼에도 불구하고 정국의 혼란함은 그치지 않았다.

　　새로운 대통령은 강민의 예상대로 충청도를 지역구로 하는 3선의원인 윤강민 의원이 되었지만, 새로운 국회는 예상과는 달리 부패한 기득권층에서 다시 의석의 삼분지 일 이상을 가져가 버렸기 때문이었다.

　　강민이 현직에 있던 부패한 기득권층을 모두 쓸어버렸

지만, 그것은 현직에 있는 사람들을 대상으로 한 것뿐이었다. 은퇴하였거나 한 발 물러서서 배후에 있던 부패 기득권층들은 아직도 여전히 존재하고 있었다.

그런 기득권층들은 여론몰이를 하는 것에 탁월하였다. 비록 국가적인 여론은 아직 장악하지 못하여 대선은 가져오는 것에는 실패하였지만, 지역구별로 각개전투를 할 수 있는 총선에서는 어느 정도 지역 여론을 장악하여 다시금 상당수의 의석을 가져올 수 있었다.

결국 이런 이유들로 인하여 기득권을 청산하고 개혁을 원하는 진보진영과 자신들이 가진 기득권을 어떤 방식으로든 유지하려는 보수진영이 매일 매일 충돌하고 있는 실정이었다.

그러나 지금 강민의 집 정원에는 이런 세상의 어지러움과는 동떨어진 평화로움만이 감돌고 있었다. 마치 옛 신선들이 머물렀다는 도원향(桃園鄉)과도 같아 보이는 모습이었다.

따사롭게 내리쬐는 햇살 아래서 강민은 마당의 평평한 정원석에서 눈을 감고 정좌를 하고 앉아 명상을 하고 있었고, 유리엘은 집채만 한 크기의 다차원 입체 마법진을 점검하고 있었다.

이런 평화로운 시간이 얼마나 지났을까, 갑작스럽게 유리엘이 점검하던 마법진에서 강렬한 빛이 터져 나오더니 정원 전체를 가득 채우던 마법진이 일순간에 사라져 버렸다.

눈에 보이는 것은 아무것도 없었지만 유리엘은 만족스러운 표정으로 입을 열었다.

"이제 다 끝났네요. 휴… 이 세계의 정령력이 약하다 보니 생각보다는 좀 더 걸렸네요."

유리엘의 말에 명상을 하던 강민이 천천히 눈을 뜨며 그녀의 말에 대답했다.

"그래? 그럼 이제 시작할 수 있는 거야?"

"네, 그렇지?"

뒤의 질문은 강민이 아니라 아무도 없는 허공을 향해서 한 것이었는데, 마법진이 사라진 자리의 허공에 반투명한 미녀의 형체가 드러나더니 그녀의 물음에 대답하였다.

[네, 유리님!]

미녀의 목소리는 고막을 타고 들리는 소리가 아니라 뇌에 직접 전달하는 것과 같은 울림을 주는 방식의 목소리였다.

어쨌든 그렇게 허공에 나타난 반투명한 미녀를 바라본 강민은 다소 놀란 듯 한 표정으로 유리엘에게 물었다.

"이 형체와 이 목소리는… 제니아야?"

강민의 놀람을 짐작했다는 듯이 유리엘은 빙그레 미소를 지으며 강민에게 대답했다.

"놀랐죠? 제니아를 베이스로 만든 인공정령이에요. 아무래도 지금 시동할 시스템까지 관리할 정령을 만들려다 보니 제니아급의 힘은 있어야 할 것 같아서요."

"어쩐지. 마나위성의 관제 정령을 만드는 것이 늦다 싶었더니 제니아를 만들려고 그랬었구나."

"처음에는 제니아를 생각한 것은 아닌데, 중간에 지금 구현할 시스템을 생각하다보니 제니아만한 선택지가 없더라구요."

"흠… 그렇지만 그 녀석은 너무 천방지축이었잖아."

유리엘은 강민의 말에 동의한다는 듯 고개를 끄덕이며 말을 이었다.

"그렇긴 하죠. 하지만 지금 만들 시스템을 관리하기에는 그 녀석 만한 정령이 없어요. 성향이나 가진 힘이나."

"흐음. 힘은 정령왕에 육박하는 힘을 가졌으니 그렇다 치더라도… 그 녀석의 성향은…."

"호호호. 무슨 걱정하는지는 알겠는데 지금 보여줄 시스템에서는 제니아 같은 타입이 더 나을 거에요."

"뭐 유리가 그렇게 생각한다면야."

강민의 우려를 확신이 담긴 대답으로 불식시킨 유리엘은 그녀를 만들 수밖에 없었던 이유를 덧붙여 설명했다.

"걱정 말아요, 잘 할 거니까요. 만일 이 차원에 정령력이 충만했다면 굳이 제니아가 아니라 적합한 성향을 가진 기존의 정령을 승급하는 식으로 해서 계약을 해버렸겠지만, 여긴 너무 정령력이 부족해서 지성을 가진 정령 자체가 없더라구요."

"그렇긴 하지. 마나는 그렇다 치더라도 정령력은 더 부족한 곳이니."

"네, 그래서 아예 새로이 정령을 만들어야 하는 상황이다 보니 기존의 정령을 베이스로 하는 것이 더 낫다고 판단했죠."

유리엘의 말에 이해했다는 표정으로 강민은 다른 질문을 던졌다.

"그렇군. 그럼 복원은 몇 퍼센트 정도 수준으로 된 거야?"

"정령력이 너무 빈약해서 마법진으로 몇 년간 끌어 모았지만 60% 선에 그치네요. 그렇지만 장기적으로 정령력을 자가 흡수 할 수 있도록 설계해놓았으니 시간이 지나면 복원률은 더 올라 갈 거에요."

"60%라고 해도 웬만한 최상급 정령은 훨씬 상회하는 수준이겠군."

"그렇죠. 제니아였으니까요. 호호호."

"성격도 가져온 거지?"

"네, 성격은 필요해서 가져왔지만 그때의 기억까지 주입해놓지는 않았어요. 거기까진 불필요한 것 같아서요. 이곳에서 활동할 수 있는 기억으로 대체해 놓았지요."

그 때의 기억은 없다는 그녀의 말에 강민은 고개를 끄덕이며 말했다.

"그나마 다행인가? 어쨌든 제니아라니 전혀 의외인걸. 난 디온이나 패드론 정도를 생각했는데 말이야."

"걔네들은 너무 고지식한 면이 강해서 단지 마나위성을 관리하는 것이라면 모를까 지금 구현할 시스템에는 맞지가 않아요. 그리고 그 녀석들을 베이스로 해서 관제 정령을 만들려고 했다면 이미 벌써 만들었겠죠."

"하긴, 그 녀석들은 제니아의 힘에 비하면 별 것 아니니."

"그래요. 어쨌든 여기 인사해요. 제니아. 이리 오렴."

유리엘은 반투명한 제니아를 바라보며 이야기 했고, 지금껏 강민과 유리엘의 대화를 옆에서 듣고만 있던 그녀는 유리엘의 말에 우아한 걸음걸이로 다가왔다.

제니아는 푸른 이브닝드레스를 입은 백금발 미녀의 모습이었는데 반투명한 상태로 다가오는 모습이 마치 3차원 입체영상을 보는 것과도 같은 느낌을 주었다.

그렇게 강민의 앞에선 제니아는 오른손을 가슴에 올리고 정중한 자세로 강민에게 인사를 하였다.

[반갑습니다. 강민님. 제니아라고 합니다.]

정중한 제니아의 인사에 뜻밖이라는 표정의 강민은 인

사를 받는 것 대신에 유리엘을 돌아보며 물었다.

"제니아의 성격을 가져왔다고 하지 않았어? 지금 모습을 보면 아닌 것 같은데?"

"호호호. 그 녀석 아직 낯가리는 거예요. 조금 지나면 안 그럴껄요? 전에도 처음부터 그러지는 않았잖아요."

"그런가… 어쨌든 반가워, 제니아. 앞으로 잘 부탁할게."

"제가 더 잘 부탁드려야죠. 강민님."

강민과 제니아가 인사를 나누는 동안 유리엘은 또 다른 마법진을 전개하였다. 조금 전의 마법진에 비해서 규모는 작았으나 그 속에 담긴 마나는 훨씬 크다고 할 수 있었다.

유리엘은 5미터 정도의 허공에 마법진을 그리는 것을 시작으로 그 마법진에 대응하는 마법진을 2미터 정도 위에 다시 그리고, 그 둘을 감싸는 정방형의 마법진을 그렸다.

그리고 다시 구(球) 형태의 마법진, 삼각뿔형태의 마법진 등 십수 개의 마법진을 중첩하여 처음 마법진을 만든 공간에 그려나가기 시작했다.

이미 많은 연구를 거듭했는지 그녀의 움직임에는 한 치의 망설임도 한 치의 오차도 없었다. 그렇게 마법진이 완성되어 가며 마법진들 사이의 마나 교류가 발생하며 미약한 빛과 함께 웅웅거리는 소리가 나며 시동 전의 전조현상이 발현하였다.

만일 일반적인 마법사가 이 모습을 보았다면 그 전조현 상에서 일어나는 마나의 교류만으로도 황홀경을 겪을 수 도 있을만큼 정교하고 아름다운 마나의 흐름이었다.

아공간에서 수백차례 이상 시뮬레이션을 해본 마법진이 다 보니, 얼마 지나지 않아서 마법진을 완성한 유리엘은 강민과 이야기를 나누던 제니아를 불렀다.

"제니아, 저 마법진의 중앙으로 들어가. 해야 할 일은 알고 있지?"

[네, 유리님. 맡겨만 주세요.]

"그래, 믿을게."

유리엘이 필요한 기억은 모두 주입하여 놓았기에 태어 난 지 얼마 되지 않은 제니아였지만 그녀가 해야 할 일은 잘 알고 있었다.

제니아가 마법진의 중앙으로 날아 들어가자 유리엘은 본격적으로 마법진에 마나를 불어넣으며 주문을 영창하기 시작했다.

"@#%@#$ #$%&$%& @#$#$%&& %$&#%~"

이 차원에 온 이후로 가장 긴 마법 영창이었다. 1분여의 긴 마법영창 끝에 유리엘은 기묘한 수인을 맺으며 시동어 를 외쳤다.

"리그 디오 알리오스 칸!"

유리엘의 시동어와 함께 마법진에서, 아니 온 세상에서 강렬한 빛이 터져 나왔다. 그 빛은 마치 창세의 그 순간처럼 세상 전체를 비추며 모든 어둠을 사라지게 만들었다.

물론 그 시간은 너무도 짧은 순간이어서 대부분의 사람들은 자신들이 헛것을 본 것이라는 생각을 할 뿐이었다.

하지만 그것은 일반인들의 생각일 것이고 이능력자들은, 수준 낮은 이능력자라 하더라도 마나장이 흔들린 것을 느낄 수 있을 정도로 전 세계적인 거대한 마법이었다.

그러나 이런 큰 파장을 발한 마법치고는 아무런 변화가 없었다. 순간적으로 지구 전체를 빛으로 감쌌을 뿐 더 이상의 변화는 없는 것이었다.

잠시 기다렸지만 여전히 아무런 변화가 없는 것 같자 강민이 조심스레 입을 열었다.

"무슨 일이… 아!"

"역시 마나에 민감한 민이라면 말하기 전에 알아차릴 줄 알았어요."

"그럼 아까 전에 내게도 내려왔던 그 줄이 그것이었군."

"그래요. 하지만 민 정도의 강자에게 이 마법이 영향을 줄 수는 없으니 그냥 사그라들어 버린 것이었죠. 아마 10서클이상 마법사나 광검지경에 올라온 무인들에게는 이 마법이 영향을 주기 힘들 거에요."

"그 말은 역으로 말하면 몇 명을 제외한 모든 사람이 이 마법의 영향력 아래 있게 된다는 것이군."

"뭐, 그렇죠."

"그런데 구체적으로 어떤 식의 마법인 것이지? 개개인에 연결되어서 작용하는 방식인 것은 알겠는데 말이야."

"호호호. 그게 이 마법의 포인트죠. 일단 강훈이에게 연결된 끈을 잡아볼래요?"

보통 사람의 아니, 조금 전에 말한 10서클 이상의 고위 마법사라고 해도 지금 유리엘이 말한 끈은 볼 수 없었다. 하지만 강민은 그것이 가능하였다.

잠시 최강훈의 마나를 느낀 강민은 아무 것도 없는 허공에 손을 뻗어 무언가를 집는 듯한 모습을 보였다.

"끈을 잡았으면 우리가 늘 사용하던 마나 보안 해제 패턴을 사용해서 정보를 읽어봐요."

"안 그래도 그러려고 했어. 어떤 마법인지 기대되는데?"

"기대해도 좋을 거에요. 이 보다 목적에 적합할 수 없을 테니까."

유리엘의 대답을 들으며 강민은 자연스레 보안을 해제하고 정보를 읽어들었다. 그리고 그 직후 강민은 놀랍다는 표정으로 유리엘을 바라볼 수밖에 없었다.

"설마 이건?"

강민의 놀라움에 유리엘은 만족스럽다는 표정으로 기분 좋은 미소를 짓고 있었다.

지금 강민이 보는 것은 최강훈의 상태였다. 아니 정확히
말하면 최강훈의 상태창이었다.

[기본정보]

이름 : 최강훈 성별 : 남자 등급 : SB

카르마포인트 : 0 다르마포인트 : 0

[능력정보]

신체능력 : SB 정신능력 : SA

마나능력 : SB 잠재능력 : SC

[기술정보]

은하검결(SD) : 32/100 무극심법(AS) : 67/100

황룡검법(AC) : 100/100 ……

"어때요? 요즘 이 세계의 젊은 친구들이 많이 이용하는
게임을 이용해서 만든 시스템이에요."

"게임이라. 그럼 퀘스트나 레벨 업 같은 것도 있는 거
야?"

고등학교 때까지는 평범한 삶을 살았던 강민은 당연히
게임도 접해보았다. 물론 당시에는 지금처럼 온라인 게임
이 만연하던 시절이 아니었지만, 아버지의 사업 실패 전까
지는 상당한 수의 게임을 섭렵했던 경험이 있었기에 게임
에 대해서 완전히 문외한은 아니었다.

"당연히 퀘스트 시스템은 도입했어요. 성장시키는 것에 도움이 되니까요. 기본적으로 마물을 상대하는 것은 웬만하면 다 퀘스트처럼 처리 할 예정이에요. 그 밖에도 각종 수련치나 소소한 이벤트들도 퀘스트화 할 예정이구요."

"마물이 퀘스트라… 좋은데? 보상도 있는거지?"

"당연히 보상이 따라야 참여도가 높겠죠."

"그럼 레벨 업은?"

"레벨 시스템은 고려해봤는데 적용하지 않았어요. 모든 경험을 수치화된 경험치로 만들어 그것에 따라서 레벨을 올리는 식은 비합리적으로 보여서요."

보통 게임에서는 몬스터마다 획득할 수 있는 경험치가 있었고 그 경험치를 쌓아서 레벨업을 하고 성장을 하는 경우가 많았다.

하지만 그 시스템은 현실에 적용하기에는 무리가 있었다. 강한 마물도 손쉽게 잡을 수 있는가 하면, 약한 마물도 어렵게 잡아야 하는 경우도 있었다.

더군다나 같은 마물도 특정 상황에 따라서 난이도가 다른데 일괄적인 수치를 적용하는 것은 다소 말이 안 되는 측면이 있었다. 유리엘이 말하는 비합리성은 이것을 의미하는 것이었다.

"그럼 성장은 없는 거야?"

"아니요. 그러면 이 시스템을 도입한 의미가 없지요. 호호호. 우선은 레벨 대신에 등급으로 구분했어요."

"레벨이나 등급이나 뭐 같은 말 아닌가?"

"단어의 의미는 비슷한데, 쓰임은 달라요. 숫자를 이용해서 정량화시키기 보다는 문자를 이용해서 정성적으로 판단한다 의미지요. 물론 저도 처음 시도하는 방식이니 더 나은 방법이 있으면 향후에는 바뀔 수도 있구요."

"레벨 대신 등급이라… 그럼 레벨처럼 저 능력등급들이 바뀔 수 있다는 거네?"

"네. 상태창의 신체, 정신, 마나 능력을 눌러보면 그 아래 수많은 세부 항목들이 있어요. 예를 들어 신체능력은 체력, 근력, 순발력 등등의 세부 능력이 있구요. 정신능력은 암기력, 이해력, 집중력 같은 세부 능력들이 있지요. 그 수치들을 다 고려한 것이 각 부분의 등급이고, 그 각 부분의 등급을 고려해서 총 등급이 결정되는 것이지요. 뭐 결론적으로 말하면 등급이 레벨이나 마찬가지죠."

레벨 시스템과 유사한 것이 있다는 것에 고개를 끄덕이던 강민은 또 다른 질문을 던졌다.

"그런데 저 포인트들은 뭐하는 거야? 카르마? 다르마?"

"아. 그게 이 시스템의 핵심적인 부분이죠. 호호. 저 단어들은 이곳의 종교에서 사용하는 단어 중에서 따온 것인데, 카르마는 정해진 운명, 다르마는 바꿀 수 있는 운명이라 해석할 수 있을 것 같아요. 이것을 적용해 본다면 카르마 포인트는 정해진 운명을 바꿀 수 있는 포인트고, 다르마 포인트는 바꿀 수 있는 운명을 좀 더 용이하게 바꿀 수 있도록 해주는 것이죠."

유리엘의 설명에도 강민은 감이 잘 안 오는지 그녀의 말에 반문하였다.

"그래서 저 포인트를 어떻게 얻고 어떻게 쓴다는 거야?"

"설명해 줄게요. 급하기는. 호호호. 카르마 포인트는 실전을 통해서 쌓을 수 있는 포인트로 일정 수치 이상이 되면 무공이나 마법과 같은 비전(秘傳)을 배울 수가 있어요. 그러니까 원래의 운명대로라면 접근조차하기 힘든 그런 기술들을 배울 수 있게 해주는 것이죠."

"그럼 다르마 포인트는?"

"다르마 포인트는 수련을 통해서 얻어지는 포인트로 저 포인트를 활용해서 세부 능력 등급을 올릴 수 있지요. 그 세부능력 등급이 일정 이상 넘어가면 전체 등급이 오를 수도 있구요. 능력정보에 각 능력들을 누르면 세부 능력이 나오는데 포인트를 사용해서 그런 능력들을 조금씩 올릴 수 있어요. 그것이 누적되면 전체 능력이 오르겠지요."

"흐음. 그 방식이면 정말 빠르게 강해질 수 있겠군."

"그래요. 그리고…."

유리엘도 시스템의 하나하나를 풀어서 강민에게 설명해 주었다. 마스터 오브 퍼펫으로 명명한 이 마법의 구조부터 발현 원리, 사용법부터 시작하여 마나자극 및 주입을 통해서 이해력, 암기력, 집중력의 정신능력 뿐만 아니라 근력, 지구력, 순발력 등의 신체능력 등을 상승시키는 메커니즘까지 상세히 언급하였다.

또한 마나장의 깊숙이 잠들어있는 고래(古來)로부터 전승되는 비전들을 어떻게 각각의 대상에게 인지를 시켜주는 것까지도 자세히 설명하였다.

마법에는 크게 조예가 없는 강민이었지만, 그간 같이한 시간이 있었기에 웬만한 마법사들보다는 마법에 대한 이해도는 높은 편이었다. 그렇기에 그녀의 설명을 무리없이 이해할 수 있었다.

유리엘의 설명을 들은 강민은 이해했다는 듯 고개를 끄덕이며 입을 열었다.

"비전을 제한 없이 전승해 준다라… 그것이 이 시스템의 핵심이라 할 수 있겠군."

"그거와 더불어 이들의 꿈과 가상 수련 마법진을 연계시켜 수련의 효율을 높인 것이 핵심이죠. 지금 이능세계의 수준을 생각해 볼 때, 제 계산대로라면 1년 정도면 최소 100명에서 많으면 200명 정도의 마스터는 나올 수 있을 것 같아요. 그랜드 마스터는 좀 더 시일이 걸리겠지만 3년 정도면 최소 열 명쯤은 나오지 않을까 싶네요."

"흐음…."

현재 이능세계의 마스터와 그랜드 마스터의 숫자를 생각하면 유리엘의 가정대로 된다면 엄청난 전력 증가가 되는 것이었다.

하지만 이 시스템에 들어간 마나와 노력을 생각한다면 이 정도도 약소한 것이었다. 차라리 그녀 혼자 이 정도 마나를 사용했다면, 지금 겹쳐지는 차원으로 넘어가서 그 곳을 정리해 버릴 수 있었을 지도 몰랐다.

다만, 차원 통합 후의 일까지 생각해서 지구의 기초체력을 갖추기 위해 만든 시스템이다 보니, 현재는 다소 비효율적인 면이 있더라도 장기적인 부분에서 감수하고 있는 것이었다.

"그렇게 올라갈 녀석들 다 올라가고 나면 상당 시일 동안 정체기는 있겠지만, 그 정도만 하더라도 현재 수준보다는 월등하니 마나장 통합에 대응할만한 기초체력은 확실히 갖출 수 있겠지요."

"확실히 그렇긴 하겠네."

"또한 이 시스템의 가장 큰 장점 중의 하나가 능력의 객관화를 통해서 정확한 자신의 위치를 알 수 있다는 점이니까, 웬만한 녀석들은 지금보다 훨씬 빠른 성장을 할 수 있을 거에요."

"흠… 그렇지만 그것에 길들여지면 나중에는 성장에 오히려 방해 받지 않을까?"

"뭐, 그런 점도 있긴 하겠죠. 하지만 시스템을 통해서도 그랜드마스터까지는 성장이 가능해요. 시스템이 없는 지금도 그 이상의 경지는 보이지 않으니 그리 상관없을 것 같아요. 어차피 광검지경의 무인이나 10서클 마법사가 될 녀석들이라면 시스템의 유무와 관계없이 될 거구요."

"하긴… 오히려 9서클 마법사나 검강지경의 무인들이 지금보다 월등히 많아지면 그 이상의 경지에 갈 가능성 자체가 올라갈 수도 있겠군."

"그렇죠. 성장도 해본 녀석들이 한다고 그 정도까지 올려주면 간혹 그 이상도 갈 수 있는 녀석들이 나오지 않겠어요? 호호호."

이렇게 둘이 대화를 하는 동안 반투명한 상태의 제니아가 흠흠 거리며 목소리를 가다듬더니 말을 하기 시작했다.

강민과 유리엘에게 하는 말이 아니라 이 시스템의 영향력 하에 있는 모든 사람들에게 하는 이야기였다. 일종의 시스템 메시지였다.

[갑작스러운 마법에 놀랐을 거라고 생각한다. 먼저 내 소개부터 하지. 나는 제니아, 이 시스템의 관리자다. 물론 관리자일 뿐이야. 이 시스템을 만든 주인님은 따로 계시니 말이야. 어쨌든 이 시스템은 우리 주인님께서 너희 카론들을 불쌍히 여겨 만들어 주신 은혜의 산물이다. 너희 같은 미물들에게 왜 이런 과분한 마법을 주시는지는 모르겠지

만, 거기까지는 내가 감히 짐작할 수 없는 부분이니….]

다소 거만한 제니아의 말을 듣던 강민은 유리엘에게 심어를 보냈다.

[유리가 한 말이 이해가 가는군. 저 태도는 꼭 제니아야.]

[그렇죠? 민이나 내게 함부로 하지는 못하겠지만 다른 곳에서라면 성격이 그대로 나오겠죠. 하지만 별의 별 사람들이 다 있는 상황에서는 제니아처럼 다소 고압적인 자세가 더 나을 수도 있을 것 같아요.]

그렇게 둘이 이야기 하는 동안 제니아는 한동안 시스템에 대해서 개괄적인 설명을 하였고 간단한 주의 사항 또한 알려주었다.

[……어쨌든 시스템에 대한 대략적인 설명은 이것으로 마치겠다. 궁금한 점은 직접 겪어보면 되겠지. 간혹 퀘스트도 내려 줄테니까 성실히 수행하도록 해봐. 그에 맞는 보상도 있으니 말이야. 너희 카론들의 건투를 빈다.]

제니아는 인간들을 굳이 카론이라는 단어로 대체하여 말하고 있었다. 사람들은 알 수 없었겠지만 카론은 제니아 차원에서 인형을 뜻하는 말로, 제니아는 인간을 마법에 종속된 인형으로 보고 있다는 의미였다.

이렇게 칭하는 것에는 제니아의 거만함도 한 몫을 하였지만, 시스템을 구성하는 핵심 마법의 이름이 마스터 오브 퍼펫인 점이 그녀가 이렇게 부르는 주된 이유였다.

제니아의 공지가 끝나자 유리엘이 그녀에게 말을 건넸다.

"수고했어, 제니아. 당분간은 코어 마나위성에 머물면서 시스템의 안정과 전체 위성의 마나회복에 주력해줘. 꼭 필요한 부분이 있으면 별도로 연락주고."

[네, 유리님.]

말을 마친 제니아는 반투명한 몸체가 완전히 투명해지면서 사라졌는데, 유리엘의 말처럼 코어 마나 위성에 본신을 두고 있을 예정이었다.

물론 그렇다고 하더라도 유리엘과 심령으로 이어진 제니아는, 다른 정령들이 그렇듯 유리엘이 부른다면 언제나 그녀의 부름에 응하여 나타날 수는 있는 상태였다.

유리엘이 제니아를 보내면서 마나 위성을 언급하자, 강민은 생각이 났다는 듯 그녀에게 말했다.

"아, 그렇군. 그럼 이제 마나 위성을 못 쓰는건가?"

"완전히 못 쓰는 건 아니고 전보다는 기능이 상당히 제한적이긴 할 거에요. 아무래도 지금은 카론들에게서 얻는 마나보다는 그들에게 써야하는 마나가 더 많으니 말이에요."

"유리도 카론이야?"

"호호호. 제니아의 말을 듣다 보니 어느새 그 말이 입에

붙었네요. 어쨌든 마나위성은 몇 달간 웜홀 탐색과 같은 기본적인 기능 외에는 다른 용도로 쓰긴 힘들 것 같아요. 이 마법의 시동에 그간 쌓아뒀던 거의 전 마나를 털어놓아 버렸으니 어쩔 수가 없네요."

"이 정도 규모의 마법을 쓰다 보니 어쩔 수 없는 부분이 겠지."

강민의 말에 유리엘은 홀 가분 하다는 듯 기지개를 펴며 말했다.

"아~ 그렇죠. 어쨌든 조금 불완전하더라도 일단 시작하고 나니 기분은 좋네요. 다들 잘 적응하려나?"

"늘 그렇듯이 적자생존(適者生存) 하겠지."

"그래도 악한 놈들보다는 착한 녀석들이 살아남으면 좋겠죠. 일단 한 가지 조치를 취해놓긴 했는데. 과연 앞으로 어떻게 될지 궁금하네요."

❖

"누님도 조금 전에 목소리 들으셨죠?"

최강훈의 목소리에 다소 멍하게 있던 엘리아와 정시아가 정신을 차렸다. 지금 이들은 강민의 집 인근 야산에서 함께 수련을 하고 있었는데, 갑작스럽게 들려온 제니아의 목소리에 수련을 멈춘 상태였다.

최강훈의 질문에 엘리아는 정신을 수습하고 그에게 대답했다.

"그래, 모두에게 들린 것 같아."

벌써 함께 한지 몇 달이 넘었기에 최강훈과 엘리아는 처음의 격식을 버리고 서로 말을 편하게 하고 있는 상태였다.

"말을 들어보니 지구전체를 대상으로 한 마법 같은데 누가 이런 마법을…"

"누구긴 누구겠어. 유리님이시겠지."

엘리아의 대답은 확신에 차 있었다. 유리엘을 제외하고는 이런 이적(異蹟)을 보일 수 있는 사람은 없을 것이라는 확신이었다.

최강훈 역시 그녀의 말에 고개를 끄덕일 수밖에 없었다. 유리엘이라면 전능(全能)의 여신(女神)이라 할 수 있을 정도로 불가능해 보이는 모든 것을 행하였기 때문이었다.

그렇게 둘이 대화하는 동안, 함께 있던 정시아는 평소와는 다르게 대화에 끼어들지도 않고 무언가에 집중하는 듯하는 모습을 보였다.

얼마간의 시간이 지나자 정시아는 생각이 끝났는지 갑자기 최강훈과 엘리아를 돌아보며 둘에게 물었다.

"그런데 언니, 오빠들은 등급이 어떻게 나왔어?"

정시아가 집중하던 것은 그녀 자신의 상태창이었다. 스

스로의 상태를 점검한 그녀는 다른 사람들의 상태에 대한 궁금증이 생겨 질문을 던진 것이었다.

"글쎄, 상세 정보까지는 아직 확인하지는 못했지만. 일단 등급은 SB급이네."

"SB? 와… 역시 높네."

제니아의 공지에 따르면 등급은 최하 FF부터 최고 SSS까지 있다고 하였다. SB 등급이면 상당히 높은 등급임은 확실하였다.

최강훈의 대답에 엘리아 역시 자신의 상태창을 확인하더니 입을 열었다.

"나는 SA급이야."

최강훈이 빠르게 성장하고는 있었지만 아직 엘리아가 한수 위에 있는 것은 확실하였다. 하지만 엘리아 역시 아직 그랜드 마스터 급이라 할 수 있는 세 자리 문자에는 아직 도달하지 못하고 있었다.

엘리아의 대답까지 들은 최강훈은 정시아에게 되물었다.

"그런데 네 등급은 뭐야?"

"난 SE등급 이네"

"역시 마스터가 되어야 S등급을 주는가보네."

"그런가봐. 히히히."

정시아는 최강훈의 말에 대답하면서 저도 모르게 웃음

소리를 내었다.

"뭐가 좋아서 그리 웃어?"

"저 등급을 보니까 마스터가 되었다는 것이 실감나서 말야."

정시아는 지난 번 독고패의 습격 이후 마스터의 경지에 오를 수 있었다. 전력을 다해서 싸우던 중 죽음을 직면한 순간 깨달음을 얻었던 것이었다.

물론 그 직후 정신을 잃어버려 당시의 전투에서는 마스터의 능력을 전혀 보일 수 없었지만, 정시아는 빠른 속도로 익숙해지며 그 이후의 전투에서 많은 활약을 하였었다.

"참나. 일루미나티와 싸울 때 이미 유형화된 마나를 그렇게 사용해놓고선 이제 와서 실감 난다는 거야?"

정시아는 일루미나티와의 대전 때 마치 고삐 풀린 망아지처럼 천지를 뛰어다니며 활약을 했었는데 최강훈은 그것을 언급하는 것이었다.

몇 달 전 강민과 유리엘이 올림포스의 메르딘을 만나러 간 사이, 엘리아와 최강훈, 정시아는 일루미나티를 상대하러 갔었다.

일루미나티는 엘리아의 숙적으로 그녀가 꼭 그녀의 손으로 처리하고 싶어 했기 때문이었다. 다만 그녀 혼자서는 버거운 상대였기에 최강훈과 정시아가 함께 하였었다.

물론 세 명이 함께 한다 하더라도 세 명으로 하나의 단체, 그것도 위원회 소속인 거대 단체를 상대하는 것은 쉬운 일이 아니었다.

하지만 강민이 더 이상 위원회의 이름으로 함께 움직일 수는 없을 것이라고 하자, 엘리아는 숙적인 일루미나티와 승부를 내기로 결심하였다.

예상대로 전투는 쉽지 않았다. 일행은 일반 마법사들을 무시하고 수뇌부만 공략하기 위해서 일루미나티 본부를 돌파하였는데, 그 일반 마법사들의 마법이 수십 수백이 뭉쳐지자 생각보다 운신의 폭이 줄어들었다.

이 때 정시아가 맹활약을 하였다. 정시아는 뱀파이어 종족의 특성상 일루미나티에서 시전한 상당수의 흑마법에 대해서 많은 내성을 갖고 있었다.

특히, 마스터에 오르면서 고위급 마법이 아니면 웬만해서는 그냥 무시해버릴 수 있을 정도로 흑마법에 대한 내성은 더 커진 상태였기에 이런 일반 마법사들에게는 천적과도 같이은 존재였다.

그렇게 정시아가 일반 마법사들을 정리하는 사이, 최강훈과 엘리아는 본부의 최상층에 올라 일루미나티의 회주인 아담을 비롯한 두 명의 호법과 상대하였다.

세 명 모두 마스터의 경지였지만, 회주 아담과는 달리 두 명의 호법은 마스터에 오른 지 그리 오래 된 것 같지는 않아보였다. 고위 마법을 사용하는 것이 아직은 어색한지 상당한 딜레이가 발생하였기 때문이었다.

엘리아와의 대련을 통해서 마법사와의 전투에 익숙해진 최강훈은 그런 허점들을 노리고 두 명의 호법들을 잡아 놓을 수 있었고, 그 사이 엘리아는 아담과 독대를 하였다.

과거 아담과 박빙이었던 엘리아는 유리엘에게 새로운 마법과 마법이론을 배우며 아담보다는 한 단계 위의 성취를 보이고 있었기에 그를 이기는 것이 그리 어렵지는 않았다.

결국 격전 끝에 아담을 격살한 엘리아는 그 여세를 몰아 최강훈이 상대하던 호법들마저 일수에 해치워버렸다. 그 둘도 마스터였지만, 최강훈에게 집중한다고 뒤에서 갑작스럽게 오는 공격에 바로 반응하지 못했던 것이었다.

그렇게 고위층을 모두 처리한 엘리아는 십수개의 광역마법을 연환해서 시전하여 일루미나티의 본부 자체를 완전히 세상에서 지워 버렸다.

일반세계에서 미사일 저장고가 터졌다고 알려진 것도, 이 광역마법들이 연속적으로 폭발하는 것을 보고 나온 추측이었다.

그렇게 함께 죽을 고비를 넘기고, 대적을 상대로 싸웠던 세 명은 무척이나 친해진 상태였다. 특히, 둘의 도움으로 자신의 복수를 마무리한 엘리아는 이후로 둘을 동생처럼 챙기는 모습까지 보이며 직접 말하진 않았지만 그 고마움을 표현하였다.

즉, 세 명은 전쟁을 같이한 전우와도 같은 느낌을 갖고 있었다. 그래서 최강훈의 이런 핀잔에도 정시아는 장난스럽게 발끈하며 따져들었다.

"그냥 그렇다는 거지! 내가 그렇다는데 오빠가 뭐 보태 준 거 있어? 흥!"

최강훈과 정시아가 티격태격하는 사이 엘리아는 잠시 생각에 빠져들었다.

'유리님이 정말 대단한 마법을 만드셨구나… 그렇다면 전에 말씀하신 차원 통합이 얼마 남지 않았다는 것 같은 데… 나도 이 시스템을 활용해서 더 빨리 강해져야겠어.'

어느 정도 생각을 정리한 엘리아는 아직도 장난스러운 말을 주고받는 둘에게 나지막이 말을 건넸다.

"이제 유리님이 말씀하신 시간이 얼마 남지 않은 것 같아. 스스로를 제니아라고 하는 자의 말에 따르면 마물을 잡으면 카르마 포인트를 얻을 수 있다고 하니까. 당분간은 마물 사냥에 집중해보자. 우리가 강해져야지 나중에 있을 차원 통합에서도 유리님과 강민님께 폐를 끼치지 않을 수 있겠지."

폐를 끼쳤다는 말에 최강훈은 고개를 끄덕이며 대답했다.

"네, 누님. 더 이상 저번과 같은 일은 없어야지요. 알겠습니다."

정시아 역시 대답은 하지 않았지만 장난스러운 표정을 지우고 진지하게 고개를 끄덕이며 그녀의 의지를 보였다.

✣

한편, 유리엘의 마법 시전 이후 아무도 신경 쓰지 않는 옛 탁천군이 머물렀던 숙소에 작은 변화가 발생하였다.

탁천군이 지켜보던 정원의 바위에 미세한 균열이 생긴 것이었다. 거대한 바위가 이유 없이 갈라진다는 것이 기이한 일이었으나, 지금 탁천군의 숙소는 방치되어 아무도 드나드는 이가 없는 상태였다. 그래서 이런 현상을 볼 수 있는 사람은 아무도 없었다.

쩌쩌적!

처음에 미세했던 바위의 균열은 파열음을 내며 점점 더 커져가기 시작했는데, 얼마 지나지 않아서 바위는 완전히 갈라졌다. 그리고 그 안에는 알몸의 20대 청년이 들어있었다.

알몸의 청년은 바로 몇 년 전 사라진 이형태였다. 하지만 껍데기가 이형태일 뿐 지금 풍기는 기도와 마나를 볼 때 그 속은 절대 이형태라고 볼 수는 없었다.

특히, 흰자위가 보이지 않는 온통 검은 눈은 공포감마저 자아내고 있었는데 이것 하나만 하더라도 과거의 이형태가 아님을 알 수 있었다.

어쨌든 이형태는 바위 속에서 천천히 몸을 일으키더니 크게 호흡을 몇 차례 하였다.

후읍~ 하~ 후읍~ 하~

'듣던 대로 물질계의 공기는 다르군. 반 쯤 포기하고 있었는데 이렇게 나올 수 있었다니 의외인걸.'

여전히 알몸의 이형태는 고개를 젖히고 팔을 돌리는 등의 준비운동과 같은 모습을 보이더니 생각을 이어갔다.

'좋아, 좋아. 생각했던 대로군. 악기가 골수까지 쌓인 몸이라 그런지 본신능력을 상당히 가져올 수 있었군. 반푼이 사스투스가 말했던 그 연놈들만 처리하면 더 이상 방해꾼은 없겠지.'

사스투스를 생각하는 알몸의 이형태는 바로 사스투스의 주인인 마왕 아바투르였다. 이형태의 몸을 제물이자 숙주로 사용해서 이 땅에 강림(降臨)한 것이었다.

반 쯤 포기했다는 그의 생각처럼, 아바투르는 알지 못했지만 그가 이곳에 강림할 수 있었던 것은 몇 가지 운이 작용하지 않았으면 불가능했을 일이었다.

아바투르 강림의 시작은 몇 년 전 탁천군이 한창 활동할 때부터 시작된 일이었다.

과거 탁천군의 부하들은 한국에서 악기가 골수까지 쌓

였던 이형태를 납치하여 왔다. 그렇게 이형태를 본 탁천군은 매우 기뻐하였는데, 그것은 이형태 정도로 악기가 넘치는 제물은 그 때까지 본 적이 없었기 때문이었다.

이미 몇 차례 악인을 제물로 하여 악마를 소환해보았던 탁천군이지만 이 정도의 제물이라면 더 강한 악마를 소환할 수 있을 것이라 기대를 하며 대규모 술법을 펼쳤다.

어느 때 보다도 큰 기대를 하며 술법을 시전 하였지만 악마 소환 술법진은 탁천군과 그를 지원하는 술사들의 마나만을 빨아먹고는 어떤 악마도 토해내지 않았다.

오히려 술법진은 이형태의 몸을 감싸는 커다란 돌덩이만 생성하여, 이형태를 제물로 조차 다시 쓰지 못하게 해버렸다.

탁천군은 몰랐지만 이런 현상이 벌어진 것은 이형태의 악기에 반응한 아바투르가 너무 과도한 마기를 물질계로 전송하려다가 벌어진 일이었다.

이형태는 골수까지 쌓여있는 악기 덕분에 마왕이라 불리는 아바투르의 마기도 감당할 수 있을 정도로 매력적인 숙주였는데, 그가 보내는 마기는 물질계의 벽을 뚫기에는 너무 강렬하고 거대하였다.

만약 탁천군의 술법 수준이 더 높았다면 벽 자체를 더 얇게 만들어서 아바투르를 바로 강림시킬 수도 있었을 테지만, 탁천군의 수준은 그에 미치지 못하였다.

그래서 결국 아바투르의 마기는 차원의 벽을 뚫지 못하고 그냥 굳어버린 것이었다.

그 사실을 모르는 탁천군은 처음에는 이 바위가 마치 알과 같은 것이라 생각하여 마나를 주입하거나, 바위를 중심으로 마나집적 술법진을 펼치기도 하였으나 몇 년의 시간이 지나도록 바위는 그냥 바위로 남아 있었다.

결국 그렇게 이형태와 바위를 포기한 탁천군은 위원회에 투항을 하려다가 강민의 손에, 아니 사스투스에게 목숨을 내놓으며 저 세상으로 가버렸다.

이후 이 바위는 여전히 그 자리에 놓여 있었는데, 두 가지 요인이 이 바위를 깨운 원인이 되었다. 한 가지는 물질계에서 죽은 사스투스의 마기였고, 다른 하나는 마나장을 뒤흔든 유리엘의 마법이었다.

강민이 사스투스를 해치운 이후 갈 곳을 잃은 사스투스의 마기는 자연스럽게 자신과 가장 가까운 존재인 이 바위로 날아와서 흡수되었다.

이 마기는 아바투르의 마기와는 반대쪽에서 차원의 벽을 충격하였고, 이로 인하여 차원의 벽은 상당히 얇아지게 되었다.

하지만 이것만으로 이미 고착화 되어 아바투르의 마기를 막고 있는 차원의 벽을 뚫기에는 부족한 점이 있었다.

이를 해결한 것이 유리엘의 마법이었다. 유리엘은 의도

하지 않았지만 그녀의 마법은 마나장 전체를 뒤흔든 거대한 마법이었기에, 약해진 차원의 벽 또한 그녀의 마법에 흔들렸다.

그 순간 미세한 균열을 눈치 챈 아바투르가 균열을 통해서 차원의 벽을 깨고 나온 것이었다.

더군다나 지금은 유리엘이 펼친 마스터 오브 퍼펫 마법으로 인하여 마나 위성이 거의 제 기능을 못하고 있어서 마나 위성에도 잡히지 않았다.

만약 마나 위성이 멀쩡했다면 이 정도 마기의 발현을 놓칠 리가 없었다. 관제 정령이 없다고 하더라도 이 정도 마기를 뿜어내는 마왕의 출현이라면 그 즉시 알아차렸을 것인데, 지금의 마나위성은 웜홀 탐색과 기초적인 기능을 제외하고는 거의 사용이 불가능한 상태였기에, 아바투르의 출현을 잡아내지 못하였다.

이런 여러 가지 운이 작용하여 아바투르는 이 땅에 강림할 수 있었지만, 그 스스로는 아직도 어떻게 자신이 이곳에 왔는지 모르고 있었다. 그리고 궁금해 하지도 않았다.

어차피 얼마 전 다른 마왕과의 일전에서 근소한 차이이긴 하였지만 결국 패배하여 현재 상당히 입지가 줄어들고 있는 상황에서 지금의 이 강림은 기회였기 때문이었다.

그래서 아바투르는 이곳을 새로운 영지로 만들어 힘을 비축한 다음 다시 마계로 넘어가 마계마저 장악할 생각을 하고 있었다.

물론 그러기 위해서는 반푼이 사스투스를 강제 소환시
킨 남녀를 처리하는 것이 선행되어야 할 것이었다.

'어디에 쳐 박혀 있는지는 모르겠지만, 세상이 시끄러
워지면 그걸 해결하기 위해서라도 나타나겠지. 일단 이 몸
에 좀 적응한 뒤에 소환 마법진을 사용해서 마군장들과 마
룡장들을 불러야겠어. 그 녀석들도 이곳의 공기를 좋아하
겠지.'

어느 정도 생각을 정리한 아바투르는 다시금 크게 심호
흡을 하더니 호탕하게 웃으며 만족감을 표시하였다.

"하하하하~"

✢

미국 샌프란시스코에 사는 20세 청년 르브론은 평소에
는 한번 잠이 들면 누가 업어 가도 모를 정도로 깊게 잠이
드는 수면 스타일을 갖고 있었다.

그래서 꿈을 꾸는 것은 살면서 손에 꼽을 정도로 드문
일이었다. 오늘도 평소처럼 잠이 들었는데, 그리 피곤하지
도 않았는데 웬일로 오늘은 잠을 자면서 꿈을 꿨다.

처음에는 뭔가 보이는 꿈은 아니었고 목소리만 들리는
꿈이었는데, 어디선가 들어본 것만 같았던 꿈속의 목소리

는 르브론에게 한 가지 질문을 던졌다.

[강해지고 싶은가?]

평소에 마물을 잡는 헌터를 보면서 동경을 갖고 있던 르브론은 조금도 망설이지 않고 그렇다고 대답하였다. 하지만 꿈속의 르브론은 목소리가 나오지 않았다.

목소리라 나오지 않은 그의 대답은 그의 생각 속에서만 존재하였지만 누군지 모를 목소리는 르브론의 의사를 알아들었는지, 이어지는 질문을 하였다.

[좋다. 그럼 수련을 할 준비는 되었나?]

어떤 수련이 준비되었는지는 모르겠으나, 지금 르브론은 꿈속에 있었기에 아무런 두려움이 없었다. 그렇기에 강함을 동경하던 르브론은 당연히 수련을 하겠다고 선택하였다.

수련하겠다고 마음을 먹자 이제 르브론의 꿈은 목소리만 들리는 것이 아니라 현실처럼 몸을 움직일 수 있는 상태로 변하였다.

르브론은 마치 잠에서 깨어난 것과도 같이 명료한 상태였는데, 아직 꿈이라는 것을 알려주기나 하는 듯 지금 그가 서 있는 곳은 끝없이 펼쳐진 하얀 대지 위였다.

하얀 하늘을 머리 위에 두고 하얀 대지에 발을 딛고 있는 르브론은 잠이 들었을 당시의 모습으로 나타났다.

마치 백야의 설원에 혼자만 있는 듯한 느낌으로 서 있는 르브론은 갑작스러운 상황에 약간 당황하고 있었는데, 그 때 아까의 그 목소리가 다시 들려왔다.

[지금껏 올바르게 살아온 네 삶을 치하하는 의미에서 너에게 10포인트의 카르마 포인트를 지급하겠다. 이 포인트를 이용해서 네가 원하는 비전(秘傳)을 익혀서 강해지도록 해라.]

카르마 포인트에 대한 이야기가 나오자 그때서야 르브론은 이 목소리를 언제 들었는지 알 수 있었다.

"다… 당신은…."

바로 낮에 들었던 제니아의 목소리였다. 당시 제니아는 시스템에 대한 설명을 하며 오늘 밤에 일어날 일을 기대하라는 식의 언급을 하였는데, 지금 이 상황이 그녀가 말한 상황인 것 같았다.

"제니아! 제니아군요!"

르브론은 깜짝 놀라며 제니아의 이름을 불렀지만, 제니아는 그의 말과 상관없이 자신의 말을 이어갔다.

[네가 EF등급에 도달하면 다른 수련으로 이어질 것이니 그 때까지 수련에 정진하도록.]

이 말을 끝으로 제니아의 목소리는 더 이상 들려오지 않았다.

이후로도 르브론은 몇 차례 제니아를 불렀지만 제니아는 반응이 없었다. 그제야 그녀가 떠났음을 인지한 르브론은 더 이상 제니아를 부르는 것을 포기하고 자신의 상태창에 정신을 집중하였다.

이미 낮에 제니아가 개괄적인 시스템에 대한 설명을 하였기에 르브론은 대략의 시스템 사용법을 알고는 있었다. 그렇지만 아직 익숙해지지 않았기에 어색해 보이는 것은 어쩔 수 없었다.

'카르마 포인트라고 했지?'

상태창을 자신의 전면에 띄운 르브론은 카르마 포인트 부분의 숫자가 바뀐 것을 확인하였다. 분명 낮에는 0포인트였는데 지금은 제니아의 말처럼 10포인트가 생겨있었던 것이었다.

포인트를 확인한 르브론은 카르마 포인트라 쓰인 부분에 손을 갖다 대었다. 그러자 상태창은 사라지고 카르마 포인트 상점창이 나타났다.

상점창은 다양한 카테고리에 엄청난 양의 목록을 담고 있었는데, 그 목록만 확인하는 데에도 몇 시간은 걸릴 정도로 많은 양이었다.

각각의 목록은 이능의 이름과 필요한 포인트와 최저 요구 등급 등 표기되어 있었다.

현재 목록에서 가장 높은 포인트가 10포인트인 것으로 보아 10포인트 이상의 이능들을 아예 목록에도 나타나지 않은 것 같았다.

하지만 10포인트 이하의 이능들만 하더라도 수천, 수만 가지가 넘었다. 그리고 이렇게 많은 이능 중에서 자신에게 맞는 이능을 찾기란 하늘에 별 따기와도 같았다.

다만, 시스템은 그런 르브론과 같은 사람을 배려하였는지 상점창의 목록 중 자신의 상성과 맞는 이능일수록 짙은 푸른색을 띠고 있어 그런 이능만을 찾는다면 그리 검색하기 힘들지는 않았다.

그렇게 찾은 것이 지금 르브론이 보는 투르식 격투술이었다. 어려서부터 주짓수를 배운 르브론은 맨손 격투술에 관심이 많았다.

상점창에서 파랗게 빛나는 투르식 격투술을 보고 호기심을 느낀 르브론은 격투술에 대한 시전 영상 및 설명을 확인하였는데, 자신이 딱 원하는 타입의 무술임을 알 수 있었다.

투르식 격투술은 FA등급의 이능력이었는데 제한사항은 신체등급 FC뿐이어서 지금 르브론이 충분히 익힐 수 있는 능력이었다.

실전 격투기인 주짓수와는 달리 고대로부터 전승되었던 투르식 격투술은 정해진 투로에 따라서 움직이며 호흡을 하다보면 미약한 마나까지 습득할 수 있는 일종의 동공(動功)이었다.

상세설명까지 보고난 르브론은 이 투르식 격투술이 더

마음에 들었다. 다만, 그 비용이 만만치 않았다.

상점창에서 표시하고 있는 투르식 격투술은 8포인트의 비용이었다. 1포인트짜리 저렴한 이능도 있는 상황에서 8포인트는 나름 비싼 비용이라 할 수 있었다. 하지만 르브론은 망설이지 않고 포인트를 지불했다.

상태창에서 포인트가 줄어들면서 르브론은 하얀 빛 속에 파묻혔다. 빛 속의 르브론은 투르식 격투술의 처음부터 끝까지 수십 수백 차례 반복해서 볼 수 있었다.

얼마나 시간이 흘렀을까 빛은 걷혔고, 다소 멍해 보이는 표정의 르브론이 나타났다. 이내 정신을 차린 르브론은 자신의 머릿속에 투르식 격투술의 모든 것이 들어있다는 것을 알 수 있었다.

하지만 게임의 스킬을 사용하듯이 스킬명만 외치면 이 격투술을 쓸 수 있는 것은 아니었다.

투르식 격투술의 모든 정형화된 동작부터 동작 동작마다의 미세한 호흡방법까지 모든 것이 르브론의 머리에 들어 있었지만, 단지 관련 지식이 머리에 들어있는 것뿐이었다.

이 격투술을 사용하기 위해서는 지금부터 몸을 움직여 수련을 해야 할 것이었다. 그제야 르브론은 수련의 의미를 알 수 있었다.

자신의 원래 운명대로라면 절대 접할 리 없었던 투르식

격투술을 배울 수 있게 한 카르마 포인트였지만, 그것을 실전에 사용할 정도로 수련하는 것은 자신의 노력에 달린 일이었다.

그리고 그 수련을 통해서 다르마 포인트를 올리게 된다면 자신의 능력 또한 올릴 수 있을 것이다. 즉, 선순환의 사이클에 들어가게 되는 것이라 할 수 있었다.

그 사실을 깨달은 르브론은 눈을 빛내며 지금 그의 머릿속에 있는 투르식 격투술의 가장 기초부터 수련하기 시작했다.

이런 꿈을 꾼 사람은 르브론 뿐만이 아니었다. 그 날 밤 13세 이상의 모든 사람들은 국적을 불문하고, 인종을 불문하고, 성별을 불문하고 모두 꿈에서 제니아를 만날 수 있었다.

다만 상당수의 사람들은 카르마 포인트를 받는 대신에 제니아에게 이런 말을 들을 수 있었다.

[네 놈은 이 시스템의 혜택을 얻기에는 너무 악기(惡氣)가 강하군. 지금과 같은 악기를 가지고 있다면 영원히 시스템의 혜택을 보지 못할 것이야. 단지 상태창을 보는 것이 네가 얻을 수 있는 전부이겠지.]

이것이 유리엘이 말한 조치였다. 전 지구인을 대상으로 시스템을 구현하였지만, 악인에게까지 시스템에 대한 혜택을 줄 그녀가 아니었다.

아마 이 상태로 몇 년의 시간이 흐른다면, 시스템의 혜택을 보지 못하는 악한 이능력자들은 도태가 될 것이 자명하였다. 그것이 유리엘이 노리는 것이었다.

✣

제니아 시스템의 출현은 세상에 엄청난 충격을 주었다. 몇 년 전 마물의 존재를 인정하면서 이능이 현실에 존재한다는 것을 알렸을 때보다도 훨씬 큰 충격이었다.

마물과 이능은 이능력자들은 이미 알고 있었고, 일반인 중에서도 사회 지도층은 상당수가 알고 있었던 사실이지만, 제니아 시스템은 그것을 만든 유리엘을 제외하고는 시스템이 가동될 때까지 그 누구도 몰랐던 것이기 때문이었다.

그러나 인간은 적응의 동물이고 언제나 그랬듯이 빠른 속도로 적응해 나갔다. 불과 한 달여가 지났을 뿐인데, 제니아 시스템을 이용해서 대여섯 등급을 올린 사람도 출현하는 등 세상은 이능세계, 일반세계를 가리지 않고 빠르게 시스템에 적응하였다.

특히, 제니아 시스템 가동을 기점으로 유니온은 이능세계를 넘어 일반세계에서도 UN을 능가하는 위상을 가질 수 있었다.

그것은 유리엘이 벤자민에게 등급을 확인할 수 있는 장치를 제공하였기 때문이었다. 다만, 세부등급은 확인이 불가능하였고 이름과 전체 등급만 확인할 수 있는 장치였다.

별 것 아니라고 생각할 수 있지만 이것은 혁명과도 같은 일이었다. 사람의 능력이 계량화 수치화되어서 적나라하게 드러나는 것이기 때문이었다.

단지 마나의 양만을 가지고 개략적으로 평가하는 시스템과는 달리 제니아 시스템을 통한다면 정확한 능력평가가 가능하였다.

이것은 사람을 등급화 서열화 시키는 부작용도 있었지만, 국적, 성별, 인종을 불문하고 능력에 따른 정확한 대우를 받을 수 있다는 긍정적 효과도 분명 있었다.

이를 캐치한 유니온은 이 장치를 활용하여 시스템 ID 카드를 발급하여 사람들에게 나누어 주었다.

이로서 이제는 자신의 등급을 자신만이 알고 있는 것이 아니라, 기관의 공증을 받아 그것을 활용할 수 있게 된 것이었다.

ID카드 발급 이전에는 사람들은 자신의 등급은 알 수 있었으나, 타인의 등급은 알 수 없었다. 그래서 상대가 거짓으로 등급을 속여서 말하면 그것을 알 수 있는 방법이 없었다.

하지만 ID카드가 나옴으로서 객관적으로 판단 받은 자신의 능력 등급을 보여줄 수 있게 된 것이었다. 당연히 이런 ID카드를 발급해주는 유니온의 위상이 올라갈 수밖에 없었다.

3개월이 지나자 드디어 시스템을 통한 마스터, 즉 SF등급이 탄생하였다. 그 주인공은 미국의 초능력자인 에이브릴 르빈이라는 여성이었다.

에이브릴은 원래 바람을 다루는 BD급 능력자였다. 시스템이 시작할 때에는 B급 초반에 불과한 그녀였지만 주어진 카르마 포인트로 마인드 컨트롤에 관한 비전을 습득한 다음부터 그녀의 등급은 빠른 속도로 올라갔다.

특히, 두 달 전 마물사냥에서 약혼자를 잃어버린 그녀는 꿈속의 수련에서도 미친 듯이 몸을 혹사하며 자신의 능력 등급을 올려나갔다고 한다.

결국 며칠 전에 있었던 마물 사냥에서 깨달음을 얻은 에이브릴은 아직 정련되지는 않았지만 유형화된 마나의 바람을 뿜어내며 마물을 산산조각으로 잘라내 버렸다.

이후, 유니온의 인증을 받아 자신이 S급에 올랐음을, 마스터되었음을 온 세상에 명명백백히 알렸다.

이렇게 세상 사람들은 빠른 속도로 제니아 시스템에 적응해 나가고 있었다.

그리고 아무도 모르고 있었지만 아바투르는 과거 이형

태의 몸, 즉, 현재의 몸에 적응하며 자신의 부하들을 이곳
으로 불러올 준비를 하고 있었다.

현세귀환록

3장. 재회

    강민의 집 정원에는 여전히 반투명한 상태의 제니아가 유리엘에게 일일 보고를 하고 있었다.

    심령이 통하는 정령이었기에 굳이 현신(現身)하지 않고 충분히 심어로 말을 전달 할 수 있었으나, 제니아는 꼭 유리엘 앞에 나타나서 보고를 하였다.

    그것은 강민과 유리엘 주변에 있는 순도 높고 밀도 높은 마나를 조금이나마 느끼고 받아들이고 싶어서였다. 마나 위성에 머무르면서 지금도 상당한 마나를 흡수하고는 있지만, 사람으로 치자면 맛집을 찾아가는 것과도 같은 논리였다.

    그렇게 유리엘에게 보고를 하는 제니아의 모습은 마치

신을 받드는 신도와도 같은 모습이었는데, 이것은 일반적인 정령과 정령사간의 모습으로는 보이지 않았다.

보통의 경우에 정령과 정령사의 관계는 상호 보완적인 관계로 둘은 상하관계가 아니라 서로 동등한 협조관계라 할 수 있었다.

정령은 정령사에게 자신의 능력을 제공하고 정령사는 정령에게 성장의 발판이 되는 마나를 제공하기 때문이었다.

하지만 유리엘과 제니아의 관계는 달랐다. 유리엘이 제니아를 문자 그대로 창조하였기에 제니아에게는 유리엘이 신이나 마찬가지인 것이었다.

자의식이 강한 제니아의 성향 상, 그녀를 만든 유리엘에게 느끼는 경외감은 더 클 수밖에 없었다.

그래서 지금 세상 사람들에게는 마치 신이나 천사와 같은, 그리고 가끔은 악마와 같은 취급을 받는 제니아였지만, 언제나 유리엘 앞에서는 순한 양과도 같은 모습이었다.

제니아가 오늘의 보고를 하고 스르륵 사라지자, 강민이 그녀에게 말했다.

"제니아 말을 들어보니 이제 시스템도 어느 정도 안정화 된 것 같은데, 백두산이나 한 번 다녀올까? 지금쯤이면 유키의 상태도 나아졌을 것 같은데 말이야."

"음. 지금쯤이면 그렇겠네요."

"어차피 그 일 아니더라도, 전에 그 쪽 결계가 궁금하다고도 말했었잖아."

과거 위원회가 존재하고 있을 때, 백두일맥의 가주인 백무성이 강민과 만남을 요청하였었다. 당시, 강민은 그의 요청에도 불구하고 굳이 만날 생각까지는 하지 않았었는데, 유리엘이 그 곳에 펼쳐진 결계에 대한 호기심이 있다고 하여 한 번쯤은 방문해보기로 하였었다.

그러나 지금 가보기로 했다는 것은 그 때 일을 이야기하는 것은 아니었다.

지금 강민이 말하는 그 일이라는 것은 백강호의 구출과 유키의 상태에 관련된 일이었다.

몇 달 전 강민과 유리엘은 혈마단에게 쫓기는 백두일맥의 후계자인 백강호를 우연찮게 살려주었었다.

백강호를 구하고자 움직인 것은 아니었지만, 둘 덕분에 간신히 목숨을 구한 백강호는 꼭 은혜를 갚고 싶다고 말하며 거듭 인사를 하였다. 자신뿐만 아니라 천왕가의 후계자인 이유성까지 구해주었기에 백강호의 고마움은 더욱 더 컸다.

다만, 둘에게 백강호가 해줄 수 있는 것은 없었다. 이미 절대의 무력과 금력, 권력까지 가지고 있는 둘에게 백강호가 할 수 있는 것이라곤 감사의 인사뿐이었다.

그러나 당시 어떤 식으로든 은혜를 갚고 싶어 하던 백강호는 고민을 거듭하다 옆방에 설치되어 있는 마법진을 발견할 수 있었다.

어떤 식의 원리인지까지 알 수는 없었으나, 마법진의 목적이 가공되지 않은 자연 상태 그대로의 마나를 집적하여 대상자에게 전달하기 위한 것이라는 사실을 파악한 백강호는 한 가지 제안을 하였다.

백두산의 가장 영기가 깊은 곳에 마법진을 설치할 수 있는 거처를 마련해주고 싶다는 것이었다.

지리산이 영산(靈山)이기는 하지만 그 영기는 백두산에 미치지는 못하였다. 만일 백두산에 저 마법진을 설치하여 유키를 치료받게 한다면 영혼의 안착까지 걸리는 시간이 훨씬 단축될 것이기에 유리엘은 그의 제안을 승낙하였다.

이후 유리엘은 제니아 시스템의 구현에 집중을 하느라 엘리아가 유키를 이동시켜 마법진을 설치하였고, 한수강과 한수아는 유키의 보호자를 자청하며 같이 백두산으로 이동하여 그곳에서 몇 달 째 생활 중이었다.

"그래요. 결계도 그렇고, 애들도 어떻게 있는지 궁금하네요. 민의 말대로 이제 어느 정도 시스템도 안정화 된 것 같으니 한 번 다녀와 봐요."

"그래. 그럼… 아. 그런데 아직 찾지는 못한 거지?"

"아. 그것 말이군요."

"그래, 지금도 지속적으로 미미하게 마나 농도가 변하는 것을 보니 분명 어디선가 균열이 발생한 것 같은데 말이야."

강민이 언급하는 균열이란 한 차원 내에서 천계나 마계 등과 같은 다른 계(界)로 갈 수 있는 통로를 의미하였다.

균열은 웜홀과 비슷해 보이지만 전혀 다른 종류의 것으로, 부연하자면 차원에서 다른 차원으로 이동할 수 있는 수평적인 통로인 웜홀과는 달리 균열은 한 차원 내에서 이동하는 수직적인 통로라 할 수 있었다.

균열과 웜홀의 차이처럼 차원간 이동과 계간 이동 역시 서로 비슷해 보이지만 실상은 전혀 달랐다.

우선 차원간의 이동은 전혀 다른 마나 구성을 가진 다른 차원으로의 이동으로 필연적으로 마나 충돌이 뒤따랐다.

그래서 강민처럼 해당 차원의 마나로 마나 구성을 바꾸지 않는다면, 이동 당시 가진 마나만이 자신이 사용할 수 있는 마나의 전부가 될 것이었다.

즉, 마나가 전혀 회복되지 않고 오히려 마나 충돌로 인하여 지속적으로 소모된다는 이야기였다.

하지만 계간 이동은 한 차원 내의 이동이었기에 이런 마나 충돌이 뒤따르지는 않았다. 물질계의 마나와 천계, 마계의 마나는 겉으로 보여지는 성질이 다소 다르기는 하지만, 한 차원 내에서 존재하기에 그 근본은 같기 때문이었다.

다만, 계간의 이동을 막는 차원의 벽 때문에 별도의 소환 마법이나 소환술을 시전하지 않는다면 일반적인 균열로는 천족이나 마족이 물질계에 현현하기는 거의 불가능하였다.

강민은 이런 균열이 발생하지 않았냐는 것을 묻고 있는 것이었다. 보통은 이런 균열은 시간이 가면 자연히 봉합되어 사라지기 마련이라 신경 쓰지 않아도 되는 것들이지만, 지금은 상황이 달랐다.

차원 통합을 앞두고 있었기 때문이었다. 이 균열로 인하여 차원 통합의 속도가 미세하게 빨라지고 있는 것이었다.

그래서 유리엘에게 마나 위성을 통해서 한 번 찾아보라고 하였지만, 균열의 위치가 좋지 않은 것인지, 아직 원래 상태를 회복하지 못한 마나위성으로는 제대로 된 탐색이 되지 않고 있었다.

"그러게요. 저도 느껴지는 정도니 그리 작은 규모의 균열은 아닌 것 같은데, 위치가 좋지 않은지 기본 검색으로는 아직 보이지 않네요. 이를 찾으려면 지구 전역을 범위에 넣고 세부적인 스캔을 해야 할 것 같은데, 그 건 지금 마나 위성의 상태로는 힘들 것 같네요. 시간이 좀 더 걸릴 것 같아요."

시간이 걸린다는 유리엘의 말에 잠시 고개를 갸웃거리던 강민은 말을 이었다.

"흐음… 뭐 지금까지 소란이 없는 것으로 보아 딱히 뭐가 튀어나온 것 같지는 않으니 급할 건 아니지만, 그래도 지금처럼 계속 둔다면 예상보다 일 년 정도는 더 빨리 통합이 될 것 같은데 말이야."

일반적인 균열로는 마족이나 천족이 나타나기 힘들었으나 드물게 균열이 크거나 마나 컨트롤이 좋은 마족이나 천족이 나타나는 경우가 간혹 있었다. 하지만 균열이 발생한 지도 꽤 지났지만 별다른 소란은 없었기에 강민은 아직 그런 일이 일어나지 않았다고 짐작하였다.

"1년이라…. 그래도 대략 2년 정도의 시간이 있으니 그때까지는 어느 정도 전력을 갖출 수 있을 것 같으니 너무 걱정 말아요."

"그럼 그 부분은 차후에 생각해보고, 아까 말한 대로 백두산으로 가보자."

"그래요."

강민과 말을 마친 유리엘은 언제나 그렇듯 손가락을 튕기며 순간이동을 시전 하였다.

딱~!

"⋯⋯언제쯤이면 다시 한국에 돌아갈 수 있을까?"

"음⋯ 괜히 누나한테 미안하네. 난 괜찮으니 누나 먼저 한국에 돌아가 있지 않을래?"

"아. 아냐. 그냥 해본 말이야. 신경쓰지 마."

통나무를 통째로 이어 만든 목조 건물 안에는 하얀 무명 옷을 입은 한수강과 한수아가 대화를 나누고 있었다.

한수아가 무심코 던진 말에 한수강은 괜히 미안해서 먼저 가라는 이야기를 하였는데, 그녀는 실수했다는 표정으로 손을 절레절레 흔들며 급하게 수습하려고 하였다.

"아냐, 지리산에서부터 생각해보면 집 떠난 지 너무 오래된 것 같아. 누나를 이렇게 잡고 있으니 누나한테도 미안하고, 누나를 딸처럼 대해주신 아주머니께도 미안하네. 이제 얼마 남지 않은 것 같으니, 나 혼자도 충분해. 수련하고 하다보면 금방 시간이 갈 거야."

한수아는 자신의 말에 동생이 상처받지는 않은가 싶어서 다시 빠르게 말을 이었다.

"네 말처럼 이제 얼마 남지도 않았는데, 내가 지금까지 기다린 시간이 아까워서라도 못가겠어! 유키가 일어나면 어떻게 네 마음을 훔쳤는지 꼭 물어봐야지. 호호호."

"훔치긴 뭘 훔쳐…"

한수강은 쑥스러워 하면서도 그녀의 말을 굳이 부인하지는 않았다. 유키 혼자 두어도 괜찮을 상황이었지만 이렇게까지 하는 것은 분명 유키에게 온 마음을 빼앗긴 것이 사실이기 때문이었다.

"어쨌든 방금 말은 실수니까 신경 쓰지 마. 어차피 요즘은 제니아인가 뭔가 하는 사람… 사람이라 하긴 그런가? 여튼 그 사람이 만든 시스템에서 수련하는 것만 해도 충분히 하루가 기니까 말이야."

"하긴, 나도 그 시스템 덕분에 요즘 하루가 짧을 지경이야. 더군다나 상점창을 보니 과거 우리 백록원에서 실전되었다던 무공들도 많이 있더라구. 그러니 어서 카르마 포인트를 쌓아서 무공들을 배워야겠어."

한수아와 한수강 역시 제니아 시스템을 통해서 수련을 하고 있었다. 다만, 아직 실력이 부족해서 그런지 누가 이런 마법을 사용했는지 전혀 감도 못 잡고 있었다.

둘의 실력으로는 강민이나 유리엘의 강함의 일부도 짐작하기 힘들 것이니 어쩌면 당연한 일이었다.

"그래, 강훈 오빠가 드림시티 안에 백록원을 새로이 열었다고 하니까 우리도 얼른 배워서 백록원의 재건에 도움이 되어야지."

한수강과 같이 지리산에서, 그리고 백두산에서 같이 생

활하며 한수아의 성격은 꽤나 많이 변했다. 그 전까지는 인간관계와는 담을 쌓고 조용히 공부만 하던 학생과 가까운 이미지였지만, 지금은 무공을 배우는 것에도 적극적으로 변했고 사람을 만나는 것도 두려워하지 않았다.

이는 모두 한수강 덕분이었다. 의지할 수 있는 쌍둥이 동생이 있다는 것은 그녀에게 커다란 위안이 되었고, 동생과 함께 지내면서 활발한 한수강의 성격도 많이 배울 수가 있었던 것이었다.

"잘 생각했어, 누나. 유키만 낫고 나면 우리도 얼른 드림시티로 가서 사범을 해야지. 근데 그러려면 지금 누나 실력으론 힘들 것 같은데?"

"뭐? 날 너무 무시하는 거 아냐? 나도 지금 CA까지 올라왔다고! 흥!"

"벌써? 대단한데?"

한수강이 놀라는 것도 당연하였다. 한수아가 무공을 배우기 시작한지 불과 1년여밖에 지나지 않았기 때문이었다.

하지만 과거 강민이 한수아의 병을 치료한다고 임독양맥의 타통과 세부 기맥까지 깨끗이 청소해둔 것을 감안한다면 그녀의 이런 성장 속도는 어쩌면 당연한 것이었다.

지금까지는 무공을 배우려 하지 않아서 그랬지만 배우기로 마음먹은 이상, 누구보다도 빨리 성장할 수 있는 발판을 갖추고 있는 것이었다.

"그래! 그러니까 무시하지 말라고!"

"설마…."

"설마, 뭐?"

"강호 형한테 따로 배운 거 아냐?"

한수강이 백강호를 언급하자, 한수아는 갑자기 얼굴이 빨갛게 물들면서 말을 잇지 못하였다.

너무나 당황하는 한수아의 모습에 한수강이 되려 당황할 때 그들의 뒤에서 다른 사람의 목소리가 들려왔다.

"뭐야? 수아도 연애하는 거야?"

바로 유리엘의 목소리였다.

갑작스러운 목소리에 한수아가 놀라며 뒤를 돌아보자 그곳엔 목소리처럼 익숙한, 그리고 너무나 아름다운 유리엘의 얼굴이 보였다.

"언니!"

한수아는 놀란 목소리로 유리엘을 부르며 반가움이 가득한 환한 미소로 그녀를 맞이하였다. 그런 한수아의 반응에 유리엘은 그녀의 곁으로 다가가 머리를 쓰다듬으며 다시금 물었다.

"그래, 듣자하니 연애를 하는 것 같은데 말이야."

그 말을 듣자, 유리엘의 등장 덕분에 잠시나마 잊고 있었던 조금 전의 대화가 떠올라서, 한수아는 다시금 얼굴이 붉어졌다.

"그… 그게… 연애는 아니고요…."

더듬더듬 거리는 한수아를 놀리듯이 유리엘은 한 번 더 말했다.

"강호라는 것 같던데… 그 때 그 백강호 말하는 거 맞지?"

"마….맞긴 한데요…."

한수아는 아직도 당황스러움이 가시지 않았는지 여전히 더듬거렸는데, 그런 그녀를 보던 강민이 옆에서 한마디 더 거들었다.

"지금 그 녀석이 이곳으로 달려오고 있으니 직접 물어 보면 되겠네."

"오… 오빠!"

한수아는 백강호가 온다는 소리에 한층 더 얼굴이 빨개지며 강민을 외치듯 불렀다.

백강호 역시 마스터의 경지에 있었기에 기감이 느껴진 이후 이곳까지 오는데 그리 오랜 시간이 걸리지는 않았다.

똑똑똑~

"수강아, 강호 형이야."

백강호가 문 앞에 온 기척을 내자, 한수강 역시 짓궂은 표정을 하고선 현관문을 열었다.

"형님, 어서 오세요."

"그래, 별 일 없지?"

집 안으로 들어온 백강호는 뭔가 기대하는 눈빛으로 집 안을 살피다가 평소에 보이지 않던 두 사람을 보고 약간 당황하였다.

하지만 이내 둘이 누구인지 알아차리고 깜짝 놀라 인사를 하였다.

"아! 은인이시군요! 반갑습니다."

시일은 지났지만 아직도 둘을 생명의 은인으로 깍듯이 대하는 백강호는 꾸뻑 고개를 숙여 인사를 하였다.

그런 백강호를 가만히 보던 강민은 그에게 불쑥 말을 던졌다. 언제나 단도직입적이었다.

"너, 우리 수아랑 사귀고 있는 거냐?"

강민에게 한수아는 핏줄로는 이어지지 않았지만, 몇 년째 같이 살면서 지금은 친동생과도 같이 여기고 있었기에 마치 친오빠와 같은 태도로 백강호에게 물은 것이었다.

전혀 생각지도 못한 강민의 물음에 백강호는 잠시 얼어붙었지만 이내 정신을 수습하고 재빨리 대답했다.

"그… 그게… 아…. 아직은 아닙니다."

"아직은?? 무슨 말이지?"

역시 뭔가 있어 보이는 한수아의 태도처럼 백강호의 대답 역시 둘 사이에 뭔가가 있다는 것을 말해주고 있었다.

한수아 일행이 백두산으로 온 이후 건물을 올리는 것부터 시작해서 인근을 정리하는 것까지 모두 백강호가 담당하여 일을 진행하였다.

그의 위치라면 충분히 지시만하고 직접 일을 하지 않아도 되었지만, 백강호는 은혜를 갚는다는 명목으로 모든 일을 직접 하였다.

그러면서 백강호는 한수아, 한수강 남매와 많은 시간을 보냈는데, 만나면 만날수록 한수아에게 마음이 쓰이는 자신의 모습을 볼 수 있었다.

한수아 역시 매번 얼굴을 붉히면서도 백강호와 함께 있는 시간을 피하지 않는 것으로 보아, 그녀에게도 마음이 없는 것은 아니라 판단한 백강호는 자신감을 갖고 그녀에게 접근하였다.

그러던 중 저번 주에 백강호는 한수아에게 정식으로 만날 것을 제의하였는데, 한수아는 절대 싫은 것은 아니지만 너무 갑작스러워 조금만 더 생각 할 시간을 달라는 말로 유예하였었다.

그래서 백강호는 일주일 뒤에 다시 물어본다고 하였고, 그 일주일 째 되는 날이 오늘이었다. 그렇기에 지금 서로의 이런 반응도 이상한 것은 아니었다.

어쨌든 강민의 거듭되는 질문에 버벅거리는 백강호를 도와주기나 하는 듯, 유리엘이 끼어들어 강민에게 말했다.

"이제는 이런 것도 좀 알아차려요. 딱 보면 모르겠어요? 전에 서영이와 강훈이의 태도랑 판박이잖아요. 호호호."

유리엘의 말은 백강호를 도와주는 것이 아니라 쐐기를 박는 말이었다. 유리엘의 대답에 강민은 한동안 뚫어져라 백강호를 바라보았다.

처음에는 당혹스러운 마음에 눈도 마주치지 못하고 우물쭈물 대던 백강호였지만, 계속되는 강민의 시선에 저도 모르게 그 눈을 마주쳤다. 그리고 한번 마주친 이상 강민의 눈을 피할 수가 없었다.

강민은 한국인이면 누구나 그렇듯이 짙은 검은 빛의 눈동자였는데, 그 속에 담긴 기운은 어느 누구와도 달랐다.

검은 두 눈 속은 마치 깜깜한 밤하늘, 아니 끝을 알 수 없는 우주와도 같은 느낌이었고, 그 눈을 바라보고 있으려니 백강호는 그의 혼이 우주 속으로 빨려 들어가는 듯한 느낌까지 들었다.

"그만! 그만해요, 민. 이러다가 애하나 잡겠네."

유리엘의 말에 강민은 그에 대한 시선을 거두었는데, 백강호는 그 때까지도 멍한 표정으로 정신을 차리지 못하고 있었다.

십여초도 안 되는 시간이었지만, 그 십여초가 백강호에게는 몇 시간보다도 길게 느껴졌었다. 즉, 강민의 기파에 휩쓸려 현실감을 완전히 잃어버렸던 것이었다.

강민의 시선이 떨어졌음에도 아직도 멍하게 있는 백강호의 모습에 걱정스러운 표정을 한 한수아가 그의 팔을 잡았다.

그제야 백강호는 정신을 차린 듯 머리를 흔들며 자신이 괜찮음을 표시하였고, 한수아 역시 걱정스러운 표정에서 안도하는 표정으로 바뀌었다.

강민은 그런 한수아의 표정변화를 아는지 모르는지 별것 아니라는 식으로 유리엘에게 말했다.

"그래도 마스터니 이 정도는 버틸 줄 알았지."

강민의 대답에 가볍게 눈을 흘긴 유리엘은 이번에는 심어로 강민에게 말했다.

[심연의 눈길은 그랜드 마스터가 받아도 버티기 쉽지 않을 거에요.]

[뭐, 십초 남짓한 짧은 시간이었는 걸.]

[그래도요. 어쨌든 괜찮은 것 같아요?]

[그래, 대단한 재능의 소유자네. 시스템이 없었다고 해도, 마나만 갖춰진다면 몇 년 안에 그랜드마스터가 되었을 것 같아.]

강민이 백강호의 재능을 언급하자 유리엘은 어이가 없다는 듯한 표정으로 강민을 보면서 말을 이었다.

[으이그, 그게 아니라 성품이 어떤 것 같냐구요.]

[아. 그렇지. 좋은 놈 같아.]

[그게 다예요?]

[의지가 강하고 한 번 마음 준 것에 대한 책임감도 강하고, 휘어질 바에야 부러질 것 같은 녀석이야.]

[흐음. 수아 짝으로 괜찮으려나…]

[글쎄, 재능이나 성품이나 나쁘지 않을 것 같은데. 강훈이와 비슷한 느낌의 녀석이네. 무에 대한 재능이라는 부분에서는 강훈이를 앞서겠어.]

[호오. 그 정도인가요? 어디보자…]

강민이 백강호를 최강훈보다 더 높이 평가하자 유리엘은 호기심에 백강호의 상태창을 확인하였다.

백강호의 등급은 SS 등급으로 벌써 마스터의 극에 달해 있는 상태였다. 그것은 깨달음만 있다면 세 자리 등급인 그랜드 마스터가 될 수 있다는 의미였다.

강민 역시 백강호와 연결된 시스템의 끈을 잡고 그의 상태를 확인하더니 심어를 보냈다.

[역시, 재능 부분에서 강훈이를 앞서는 군.]

[그래도 정신능력은 강훈이가 낫잖아요.]

[뭐, 아무래도 이 녀석은 강훈이에 비하면 편한 삶을 살았다고 할 수 있으니 그런 점이 반영되지 않았을까?]

강민과 유리엘이 그를 품평하는지도 모르는 채 백강호는 여전히 붉은 얼굴로 한수아만을 바라보았다.

그런 분위기를 파악하였는지 유리엘이 슬쩍 말을 건넸다.

"고백하는 분위기인데 남자답게 말해야지. 안 그러면 우리 수아 안 보내준다?"

유리에의 말이 신호나 된 듯 둘은 고함치듯 외쳤다.

"언니!"

"수아야! 내 마음을 받아줘!"

백강호의 말에 한수아의 얼굴은 지금까지보다 훨씬 더 붉어졌는데, 푹 숙인 그녀의 고개가 아래위로 살짝 흔들렸다. 긍정의 표현이었다.

하지만 고개를 숙인 채 한수아의 말을 기다리고 있던 백강호는 그 움직임을 보지 못했고, 그런 둘의 모습에 유리엘은 짓궂은 미소를 띠며 한수아에게 말했다.

"수아야. 강호는 지금 고개를 숙이고 있어서 네가 어떻게 했는지 안 보일걸?"

그 말에 고개를 숙이던 둘은 서둘러 고개를 들었고, 눈빛에서 서로의 마음을 확인하였는지 백강호는 한수아를 와락 끌어안았다.

백강호의 박력있는 모습에 유리엘은 고개를 끄덕였고, 강민은 뭔가가 맘에 안 드는지 약간 인상을 찌푸렸다. 그리고 한수강은 박수까지 치며 둘을 응원하였다.

모두가 행복해 보이는 광경이었다. 그러나 한수강의 눈을 자세히 보았다면 그 눈 깊은 곳에 서려있는 안타까움과 슬픔을 볼 수 있을 것이었다.

아무래도 몇 년 동안 정신도 차리지 못하고 가사상태로 누워만 있는 자신의 연인이 생각이 난 것 같았다.

딱~!

그런 한수강의 눈빛을 읽은 유리엘은 뜬금없이 손가락을 튕겼다. 갑작스러운 행동에 강민을 제외한 모두는 유리엘을 바라보았는데, 그녀는 이유를 알 수 없는 의미심장한 미소만을 짓고 있었다.

그 순간이었다. 모두가 모여 있는 거실의 뒤에서 한 사람의 목소리가 들려왔다.

"수… 수강아….."

다른 사람들에게는 처음 듣는 생소한 목소리였지만, 한수강에게는 누구보다도 익숙한 목소리였다.

깜짝 놀라 뒤를 돌아본 한수강은 평소보다 두 배는 눈이 커진 채로 말을 잇지 못하였다. 그리고 그 두 눈에는 한 줄기 눈물이 흘러나왔다.

"유… 키…."

더듬거리며 그녀의 이름을 부른 한수강은 갑자기 풀쩍 뛰어 그녀의 옆에 섰다. 방문의 난간을 잡고 있던 유키가 비틀거리며 쓰러지려 하였기 때문이었다.

한수강이 매일 같이 기를 이용하여 근육이 사라지지 않도록 추궁과혈을 하였다 하더라도, 몇 년을 누워 있었던 유키는 단순히 서 있는 것조차 힘든 상황이었다.

쓰러지려는 유키를 붙잡은 한수강은 뜨겁게 그녀와 포옹을 하였다. 그리고 유키 역시 힘없어 보이는 가냘픈 팔을 올려 그를 마주 안아주었다.

그녀의 팔이 자신의 등에 올라온 것을 느낀 한수강은 그간의 기다림이 모두 보상을 받는 것 같은 느낌이었다. 이제 다시는 그녀와 떨어지지 않겠다고 마음을 먹으며 한수강은 더욱 힘을 주며 그녀를 끌어안았다.

"아…."

하지만 유키의 허약해진 몸은 그런 포옹조차 받아들이기 힘든 상황이었다. 그녀의 약한 신음에 한수강은 서둘러 팔을 풀고 그녀를 바라보았는데, 여전히 그의 두 눈엔 눈물이 흐르고 있었다.

그런 둘을 보고 있는 모두가 따뜻한 표정으로 둘의 재회를 축복하여 주었다. 특히, 한수아는 그간 한수강의 기다림을 곁에서 보며 함께 하였기에 다른 누구보다 기뻐하였는데, 그녀 스스로도 모르는 채 같이 눈물까지 흘리며 기뻐하고 있었다.

얼마간의 시간이 지나 유키가 한수강의 품을 벗어나자 유리엘은 그녀의 원기를 회복할 수 있도록 마법을 사용해 주었다. 유리엘의 마법에 유키는 이내 기운을 차렸고, 그런 그녀에게 한수강은 그녀가 의식을 잃은 사이에 있었던 일들에 대해서 이야기해 주었다.

벌써 몇 년이나 지났기에 간략히 설명하는 대도 상당한 시간이 걸렸다.

그렇게 시간이 흘러 어느 정도 대화가 정리가 되자 강민이 입을 열었다.

"이제 수아와 수강이는 한국으로 돌아가야지. 물론 저기 유키도 함께 가야겠지."

강민의 말에 올 것이 왔다는 표정의 백강호는 잠시 한수아를 바라보더니 강민에게 말했다.

"형님, 저도 함께 해도 되겠습니까? 본가에 하산한다는 말씀만 드리고 바로 뒤를 따르겠습니다."

조금 전의 대화에서 강민을 형님으로 모시기로 하였다고 하지만, 백강호는 마치 오래 전부터 강민을 형님으로 대한 듯 자연스럽게 말을 이었다. 마음 속 깊이 승복하였기에 가능한 일이었다.

"그렇게 해, 이제 서로 마음을 확인했는데 굳이 떨어져 있을 필요는 없겠지. 네가 머물 곳 정도는 마련해 주지."

"감사합니다. 형님."

"그리고 어차피 네 할아버지께 볼 일이 있으니 뭐 같이 올라갔다가 가면 되겠군."

"할아버지라면…."

"네 할아버지가 백무성 가주 맞지? 위원회의 위원이기

도 한 백가주 말이야. 뭐 이제는 해체되었으니 위원이라는 이름은 의미가 없긴 하지만 말야."

"어… 어떻게… 그 사실을…."

백두일맥이 위원회의 멤버라는 것은 이미 이능세계에서 그리 큰 비밀은 아니었다. 누구나 아는 정보는 아니었지만, 이능세계에 대해서 조금이나마 조사를 한다면 어렵지 않게 알아낼 수 있는 정보였다.

하지만 위원회가 없어졌다는 것은 위원회의 위원들 그리고 그들이 속해있는 집단의 지도부가 아니면 아직은 알 수 없는 정보였다.

백강호는 백두일맥의 후계자이기에 위원회의 해체에 대해서 얼마전 알 수 있었지만, 강민이 알고 있으리라고는 생각지도 못했기에 그의 놀라움은 당연한 것이었다.

"아. 아직 완전히 알려진 정보는 아닌건가? 이럴 줄 알았으면 위원회를 공개적으로 해체하라고 하는 것이 더 나았을지도 모르겠군."

"네? 그게 무슨…."

백강호가 여전히 못 알아듣는 눈치이자 유리엘이 한마디 거들었다.

"올림포스의 메르딘 의장에게 위원회 해체를 요구한 것이 민이야."

이 유리엘의 말에 백강호는 놀라움을 넘어 경악하는 표

정을 지으며 눈을 부릅떴다. 너무 놀라 말도 제대로 잇지 못하고 입만 쩍 벌리고 있었다.

저번의 구함을 받을 때 들어 강민이 퍼니셔임은 이미 알고 있었지만, 백강호가 생각하는 퍼니셔의 무력은 다른 이 능력자들이 그렇듯 그랜드 마스터 정도였다.

단신으로 위원회의 해체를 요구할 수 있을 정도의 무력이라고는 생각지도 못하고 있었던 것이었다.

만일 위원회의 의장인 메르딘이 살아남기 위해서 극도의 저자세를 취했다는 것을 알게 된다면 백강호는 더 놀랄지도 모르겠지만, 강민은 굳이 그런 사소한 일들에 대한 언급까지는 하지 않았다.

하지만 놀란 그의 표정이 재미있었는지, 또 다른 놀랄만한 일을 말하며 그를 놀라게 하려 하였다.

"뭘 그렇게 놀라? 표정을 보니 제니아 시스템을 만든 것이 유리라고 말하면 기절할지도 모르겠군."

이번에는 백강호 뿐만 아니라 다른 모두가 유리엘을 보며 경악하였다.

"헉! 저…정말 누님이 만드신 거에요?"

"헐… 대박… 진짜 언니가 만든 거에요?"

아직 제니아 시스템에 대해서 체감하지 못하는 유키를 제외하고는 모두가 깜짝 놀라며 한마디씩을 하였다.

강민은 별 것 아니라는 식으로 이야기를 던졌지만, 제니아 시스템은 그렇게 이야기하기에는 너무나도 커다란 업적이었다. 신의 이적이라고 해도 믿을 수 있을 것만 같은 큰일이라고 할 수 있었다.

"뭘 그런 이야기까지 해요. 호호호. 어쨌든 다들 잘 사용하고 있지? 그래도 꽤나 신경 쓴 시스템이야. 잘 사용해 줘서 얼른 얼른 성장하렴. 호호호."

"어쨌든 이런 이야기는 됐고, 우리는 백가주를 만나러 갈테니. 너희들은 한국으로 돌아가 있어. 궁금한 이야기는 나중에 하고 말이야."

다들 시스템에 대한 질문을 하고자 눈을 초롱초롱 빛내고 있었지만 강민은 말은 끊고 상황을 정리하였다.

궁금증이 많은 일행들은 다소 아쉬워하는 표정이었지만, 이내 지금은 그런 질문을 할 상황이 아님을 깨닫고 강민의 말에 고개를 끄덕였다.

한국으로의 귀환은 너무도 간단하였다. 꼼꼼하게 자신들의 짐을 정리한 한수강과 한수아가 캐리어를 끌고 거실로 나오자 유리엘이 가벼운 손짓으로 한국으로 보내버렸기 때문이었다. 물론 한국으로 보낸 인원에는 유키도 포함되어 있었다.

"그럼 우리도 출발하지."

한수아 등을 보낸 후 강민은 백강호에게 말을 건넸고, 강민의 말에 백강호는 앞장서서 달려 나가기 시작했다.

순간이동으로 목적지까지 갈 수도 있겠지만, 백두일맥의 본가에는 기이한 결계가 펼쳐져 있어 순간이동으로 가려면 결계를 힘으로 파훼하고 가야했다.

한 번에 원리가 파악되는 결계라면 파훼 없이 스며들 수 있었겠지만, 지금 백두일맥 본가의 결계는 아직 그 원리까지 파악하지 못하여 굳이 결계 안으로 가려면 강제로 뚫고 가는 수밖에 없었다.

굳이 순간이동을 사용하자면 결계의 외각까지 갔다가 거기서부터 뛰어가도 되겠지만, 결계의 범위가 넓어 사실 의미가 없는 방법이었다.

그래서 강민과 유리엘은 망설이지 않고 백강호의 뒤를 따랐다.

4장. 광검

NEO MODERN FANTASY STORY & ADVENTURE

현세귀환록

4장. 광검

"무성! 정신 차리게!"

흰색 도포를 넉넉하게 입은 흰머리의 노인에게 회색 가사를 입은 흰 수염의 노스님이 내공까지 실어서 크게 외쳤다. 불문의 사자후(獅子吼)였다.

맑은 기운을 머금은 엄청난 소리는 무성이라 불린 노인을 덮쳐갔다. 살기는 없어 크게 다칠 리는 없었지만, 별 다른 방비 없이 정통으로 맞는다면 정신을 번쩍 들 것만 같은 큰 소리였다.

하지만 백두일맥의 가주인 백무성은 마치 그 소리를 듣지 못했다는 듯 아무렇지도 않게 입을 열었다.

"대각. 아까나 지금이나 내 정신은 멀쩡하다네. 갑자기 무슨 정신을 차리라는 것인가?"

노스님은 백무성의 오래된 친구로 바로 금강선원의 원주 대각선사였다. 천기를 의논하고자 오랜만에 백두일맥을 방문한 대각선사는 친우인 백무성과 대화하는 중 생각에 잠긴 백무성에게서 뭔가 이상한 기운을 나오는 것을 느끼고 정신을 일깨우는 사자후(獅子吼)를 펼쳤었다.

하지만 백무성은 대각선사의 사자후에도 아랑곳 않고 아까 전 보다 더 강하게 사이한 기운을 뿜어냈다.

백무성의 기운에 당황한 대각선사는 평소 그가 말하던 순리를 언급하며 백무성이 제정신을 찾게 하고자 하였다.

"무성! 어찌된 것인가! 언제나 순리(順理)를 말하던 자네가 어쩌다 이런 역리(逆理)에 빠져들었나?"

"순리? 역리? 대각, 마음을 따르면 순리이고 마음을 거스르면 역리 아니겠나? 난 과거에도, 지금도 언제나 순리, 내 마음을 따르고 있다네."

"허어… 자네는 인도(人道)가 천도(天道)라며 언제나 인간으로 살아가길 원했지 않는가? 이런 모습이 자네가 원하던 모습인가!"

대각선사의 안타까움이 가득 찬 목소리에도 백무성은 아랑곳 않고 말을 이었다. 마치 자신이 무엇을 잘못했는지 모른다는 태도였다.

"대각, 지금 내 모습이 어떻다는 말인가?"

"자네는 지금 자네에게서 나오고 있는 기운을 느끼지 못하고 있는 것인가? 불길하고 상서롭지 못한 기운들이 자네에게서 나오고 있다네!"

대각선사의 말에 백무성은 자신의 상태를 점검하였지만, 스스로는 아무것도 느끼지 못하였다. 되려 너무도 상쾌한 기분이 들어 뭔가 새로운 깨달음을 얻은 것만 같았다.

"불길한 기운? 무슨 말인지 모르겠군. 아. 혹시 지금 내 마음가짐이 바뀌면서 내 진전을 가로막던 구태의연한 생각들이 사라지는 것을 느낀 것이 아닌가?"

"음?"

"지금 자네와 대화 중에 알게 되었다네. 내가 그간 너무 갑갑하게만 살았어. 순리라는 이름으로 동생도 내치고 친인들도 희생시키면서 말이야."

"그… 그건…."

친인을 희생했다는 그의 말에 대각선사가 뭔가를 말하려고 하자 백무성은 손을 들어 대각선사의 말을 막더니 이야기했다.

"아. 무슨 말을 할지 잘 알고 있으니 굳이 이야기 할 것도 없네. 어쨌든 그 당시는 그게 옳다고 생각했으니 후회는 없네만, 앞으로는 그렇게 살지 않으려고 한다네."

"그럼 어떻게 살겠다는 것인가? 자네도 천기를 읽어서 알고 있지 않은가. 세상이 어둠에 잠길 시기가 멀지 않았다네. 지금까지 그걸 준비해왔지 않는가! 왜 이제야…."

"이보게 대각, 자네가 보기엔 내가 이상한 것으로 보이겠지만. 지금의 난 자신이 있다네."

"무슨 자신을 말하는 건가?"

백무성은 대각선사가 되묻는 것에 바로 대답하지 않고 잠시 동안 가만히 대각선사를 바라보았다.

갑자기 생긴 침묵에 대각선사도 백무성을 마주 바라보았는데, 백무성이 그 전까지와 달라졌음을 깨달을 수 있었다. 성품의 변화를 이야기 하는 것이 아니었다. 그의 성취가 한 단계 더 나아간 것을 의미하는 것이었다.

그런 대각선사의 짐작을 확신시켜 주는 듯 백무성의 대답이 들려왔다.

"내가, 우리 준비한 그 안배와는 관계없이 나 혼자 힘으로 그 어둠을 걷어낼 수 있다는 자신 말이야."

"허…. 어찌 그런 만용과 같은 생각을 하는 것인가… 자네도 천기를 읽지 않았는가? 우리가 사는 세상 전부가 어둠으로 물들지도 모르는 일일세!"

"그래도 보는 것에는 남다른 자네라면 알아차릴 줄 알았건만…."

"무얼 말인가?"

"나는 얼마 전 윤회의 고리에서 벗어났다네. 이제 오롯
이 홀로 서는 사람이 되었단 말일세. 선인으로 승천할 수
도 있었지만 승천을 포기하고 나는 하계에 남았네. 하계를
구원하고 덕을 쌓는 적덕선(積德仙)이 되고자 하는 것일
세."

적덕선을 언급하는 백무성에게는 더 이상의 사이한 기
운은 보이지 않았다. 드러났던 심마가 골수로 파고들어서
숨어든 것이지만, 대각선사는 알 수 없었다.

오히려 백무성이 이야기한대로 자신이 본 것은 백무성
의 잘못된 생각이 사라지면서 발현하였던 나쁜 기운의 잔
재일 수도 있다는 생각마저 들었다.

어차피 윤회의 고리를 벗어나서 승천할 기회를 잡았었
다는 백무성의 충격적인 말에 조금 전 사이한 기운에 대한
생각은 대각선사의 머릿속에서 날아가 버렸다.

"저… 정말인가!"

"그렇다네. 그 증거를 보여주지."

증거를 보여준다던 백무성은 가만히 오른손을 들어 올
려 가만히 기를 끌어올렸다. 백무성이 그랜드 마스터에
올랐던 것도 벌써 수십년 전의 일이었기에 검 없이 검강
을 만들어 내는 것쯤은 식은 죽 먹기보다도 쉬운 일이었
다.

하지만 지금 백무성이 보여주는 것은 빈손으로 검강을 만드는 것 따위의 술수가 아니었다.

잠시 기를 모으던 백무성의 손이 눈부시게 빛나더니 그의 손 위로 태양과 같은 빛을 뿌리는 소검(小劍)이 한 자루 떠올라와 있었다.

"이… 이건!"

대각선사 역시 무인이었기에 이 소검이 단순한 검강에다 빛을 발하도록 만든 것이 아님을 알 수 있었다.

검강과는 비교도 할 수 없는 미증유의 힘이 이 검에 서려있는 것을 깨달은 대각선사는 감격스러운 눈으로 백무성을 바라보았다. 그런 대각선사의 눈빛을 본 백무성은 담담히 그에게 물었다.

"보았는가?"

"자… 자네… 등선(登仙)할 수 있는 기회를 잡았다는 것이 사실이었구만."

"그래, 나는 이 힘으로 앞으로 다가올 어둠을 살라버릴 것이네. 그래서 이 검의 이름을 어둠을 몰아낼 수 있는 빛나는 검, 광검(光劍)으로 이름 지었다네."

과거 우연한 기회에 먼 훗날의 천기를 읽은 이후 수십년간을 다가오는 어둠을 막고자 노력했던 백무성과 대각선사였다.

둘은 세상을 구하기 위해 힘을 쌓느라 조국이 타국에 침

탈당하는 수모도 그냥 보아 넘겼다. 또한 개개인으로 보아도 그들의 희생은 남달랐다.

백두일맥의 가주가 된 백무성은 자신이 필사의 수련하는 것을 넘어, 가문의 결사대를 선발하여 지옥의 수련으로 몰아넣어서 지금도 죽지도 살지도 못하는 채 시간의 경계에서 미친 듯 수련만 하게 하였다. 그리고 그런 자신의 모습에 하나뿐인 동생이 실망하여 가문을 떠나는 것도 바라만 보았다.

대각선사 역시 가족을 버리고 출가하여 금강선원을 만들었기에 그 희생의 정도가 결코 작다고 할 수는 없었다.

이런 둘에게 세상을 구할 수 있다 생각되는 백무성의 광검은 감격스러운 일이었다.

하지만 지금 백무성의 과도한 자신감은 심마의 영향 때문이라는 것은 둘 다 모르고 있었다. 광검은 분명 이 세계의 마나 문명 수준, 아니 마나 문명이 발달한 곳을 보더라도 이루기 힘든 경지임은 분명하였다.

다만, 광검보다 더 높은 경지도 몇 단계씩이나 있는 상황에서 광검을, 그것도 초입의 광검을 이루었다고 이렇게 절대적인 자신감을 갖는 것은 과도한 일이었다.

백무성의 원래 성향을 본다면 만일 심마의 영향이 없었다면 일어나지 않을 일이었다.

그리고 그런 점을 지적하는 목소리가 밖에서 들려왔다.

"고작 초입에 든 광검으로 지금 세상을 구하겠다라."

강민의 목소리였다. 강민과 유리엘은 백무성과 대각선사가 한창 대화를 하는 중에 본가로 도착하였지만, 적이 아닌 손님의 입장으로 왔기에 먼저 온 선객을 무시할 수 없어 기다리고 있는 중이었다.

하지만 심마가 발현한 것을 느끼고 그 심마가 골수로 파고드는 것까지 확인한 마당에 마냥 기다릴 수가 없어서 끼어든 것이었다.

더군다나 심마에 사로잡혀서 하는 말 자체가 강민의 헛웃음을 자아내며 끼어들지 않을 수 없게 하였다.

"누구냐!"

차음강막을 뚫고 자신의 말을 들을 수 있다는 생각은 해본 적이 없었기에 백무성은 경호성을 내며 방문을 열었다.

백무성과 같이 있던 대각선사는 문 밖의 강민을 보고 무언가 생각하는 듯한 표정을 짓다가 이내 강민이 누군지 알아본 눈치였다.

강민을 기억해 낸 대각선사는 백무성에게 뭔가 말을 전하려고 하였으나 강민의 말이 더 빨랐다.

"그렇게 보고 싶어 할 때는 언제고 이렇게 나타나니 불청객 취급이군."

강민의 말에 따르면 자신이 초대를 한 것인데, 근자에

백무성이 초대한 사람은 단 한 명밖에 없었다.

"그 말은… 당신이 퍼니셔?"

"그렇소. 당신 손자를 구해줬다는 말도 들었을텐데, 이런 불청객 취급인가?"

"아… 미안하오. 차음강막을 뚫고 대화를 들을 수 있다는 것을 생각해보지 못해서, 내 당황했던 것 같소. 이리로 드시오."

백무성은 심마가 골수에 파고들었지만, 아직 심마에 완전히 장악 당하지는 않았는지 폭급한 성격까지는 보이지 않고 있었다.

그렇게 강민과 유리엘까지 방안으로 들고나니 대각선사가 강민에게 인사를 건냈다.

"안녕하시오. 그 때 그 청년이 이렇게 퍼니셔라는 이름을 달고 이능세계를 좌지우지할 줄은 몰랐다오. 대각이라 하오."

"기운을 보니 예전 금강선원에 계셨던 것 같습니다만."

대각선사의 기운은 처음 보는 것은 아니었다. 강민이 이차원으로 귀환하여 처음 방문하였던 이능단체인 금강선원에서 느껴본 적이 있는 기운이었기 때문이었다.

"맞소이다. 당시에는 이 늙은이는 수행 중이라 제자들만 내려 보냈지요. 이리 될 줄 알았으면 그 때 인사라도 나누는 건데 아쉽구려."

"인사야 지금 하면 되지요. 반갑습니다. 강민이라고 합니다."

강민의 인사에 옆에 있던 유리엘도 같이 인사를 하였다.

"유리엘입니다. 당시에 보여주신 후의 잊지 않고 있습니다."

"허허. 후의라 할 게 뭐 있소이까? 그리 말씀해주시니 감사하지요."

당시 금강선원에서는 강민과 유리엘을 위해서 상당한 편의를 보아준 바가 있었다. 제자 중 한 명의 목숨을 구해주어서 그런 것도 있지만, 그것을 생각하더라도 금강선원에서는 둘에게 많은 후의를 보여주었다. 분명 대각선사의 입김이 들어갔을 부분이었다.

그렇게 대각선사와 강민 일행이 인사를 나누는데 백무성이 불쑥 대화에 끼어들며 강민에게 질문을 던졌다.

"말씀 중에 미안하오만, 아까 전의 말을 듣고 싶소이다. 광검으로 세상을 구할 수 없다는 언급 말이오."

아직 완전히 폭급한 성정을 보이는 것은 아니었지만, 벌써 상당히 조급한 모습이 보이는 백무성이었다. 그런 백무성을 바라보던 강민이 입을 열려고 할 때 유리엘의 심어가 들려왔다.

[과연 광검지경에 도달하긴 하였군요. 대단하긴 하네요.]

유리엘이 대단하다는 것은 광검지경 자체를 말하는 것은 아니었다. 광검지경이 이능력자 중에서도 대단한 것은 사실이지만, 그녀가 그렇게 말할 정도의 경지는 아니었다.

지금 그녀의 말은 백무성이 시스템을 이용하지도 않고 홀로 광검지경에 도달한 것을 말하는 것이었다.

지구의 열악한 마나 환경에서 광검지경이라는 상당한 수준의 경지가 탄생했다는 것에 대한 치하였다.

실제로 그녀가 만든 제니아 시스템을 이용해서 극도로 수련하다보면 광검의 경지도 불가능하지는 않을 것이었다.

하지만 백무성은 시스템의 도움도 없이 광검을 이루었다. 그 사실은 분명 대단하다고 할 수 있는 것이었다.

유리엘의 대단하다는 말에 강민 역시 살짝 고개를 끄덕이며 다시 말을 건넸다.

[대단하긴 하지만… 글쎄 아직 완전한 광검지경이라 하기도 힘든 상태이지. 더군다나 저 심마를 극복하지 못한다면 경지에 안착하기도 전에 심마에 먹혀서 마인이 되고 말겠지.]

[하긴 그렇죠. 광검지경 초입의 마인화라…. 대단하다고 해야 하려나 불쌍하다고 해야 하려나…]

[뭐 둘 다겠지.]

대단하다는 것은 문자 그대로 대단한 것이었다. 광검지경 자체가 이곳에서 드문 경지인데 그 경지에서 마인화가 된다면 그야말로 엄청난 힘을 발휘할 수 있을 것이었다.

마족으로 쳐도 광검지경이면 최상위권을 바라볼 수 있는 힘이니, 마족과 달리 힘의 사용에 제약이 없는 물질계의 인간이 광검지경의 상태에서 마인화가 된다면 잘못하면 전 세계를 파멸에 몰아넣을 수 있는 강대한 힘을 사용할 수도 있을 것이었다.

반면 불쌍하다는 것은 광검지경에서 마인화가 된 후, 죽음을 맞이하게 된다면 그야말로 완전한 죽음이 되는 것이었다.

광검지경 이상의 경지에 들어서면 윤회의 고리가 끊어져서 죽음을 맞는다 하여도 다른 영혼들처럼 영혼이 명계(冥界)로 가지 않게 된다.

대신, 자격을 유지하고 자신이 원한다면 언제든 신선들의 땅인 영계(靈界)로 들어설 수 있는 상태가 되는 것이었다.

하지만, 경지에 안착하지도 못하고 마인화가 된다는 것은 다른 문제였다.

만일 광검지경에 완전히 안착한 뒤에 마(魔)에 빠져든다면 마선(魔仙)이 될 수도 있었다. 마선 역시 신선의 일종으로 윤회의 고리에서 벗어나 영생을 할 수 있는 존재였다.

그러나 백무성의 경우처럼 갓 광검지경에 들어서 아직 그 경지에 안착도 하지 못한 상태에서 마인화가 된다면 명계에도 영계에도 가지 못하는 신세가 되어 그냥 물질계에서 사그라질 뿐이었다. 유리엘이 불쌍하다고 말하는 것은 이것이었다.

강민이 유리엘과 심어를 나누는 동안도 참지 못하겠는지, 백무성은 강민에게 한 번 더 물었다.

"내 말 안 들리오? 무슨 의미냐고 물었소."

"우선 말을 정정해 주지요. 초입의 광검으로는 지금 이 세상을 구할 수 없다고 말이죠. 즉, 평소 이 차원의 마나 문명 수준이었다면 광검, 뭐 초입이라 해도 광검이니 어쨌든 그것만으로도 충분하다 할 수 있겠지. 하지만 지금은 그 평소가 아니지 않소?"

평소 지구의 마나 문명 수준은 그랜드 마스터 정도가 최강자였기에 광검지경이라면 독존(獨尊)을 외쳐도 될 만큼 높은 경지였다.

하지만 강민의 말처럼 지금은 평소가 아니었다. 몇 년 안에 차원통합의 전조현상인 마나장 통합일 일어날 것이고 그것이 이루어진다면 타차원에서 수천수만의 마물들이 들이닥칠 가능성이 높았다.

그 마물들 중에서는 그랜드 마스터도 우습게 알면서 광검지경을 넘나드는 마물이 있을 수도 있었다.

더군다나 아직은 아무도 모르고 있었지만 이미 이 세계로 현현한 아바투르라는 악마도 수많은 부하를 풀기 위해서 준비 중에 있었다.

마계의 삼마왕 중 하나인 아바투르 역시 초입의 광검지경으로는 힘든 상대라 할 수 있었다.

백무성 역시 위원회의 위원이었었기에 아바투르에 대한 건은 몰라도 차원통합에 관련한 정보는 다 알고 있었다. 하지만 그것을 감안한다 하더라도 자신의 무력에 자신이 있었다.

"이 광검이 어떤 것인지 알고나 그런 말을 하는지 궁금하군. 내 자네를 보고 싶어 했던 것은 이 검을 얻기 전이지, 이 검은 얻은 지금은 더 이상 자네의 도움은 필요 없네. 보아하니 그랜드 마스터의 끝에 있는 것 같은데 그 정도로 이 광검을 가늠할 수는 없을 걸세."

만일 백무성이 심마에 빠지지 않았다면 강민의 무위를 그 정도로 판단하지는 않았을 것이었다.

분명 심도 있는 탐색을 통해서 그의 무위를 일말이라도 파악했을 것이지만, 지금 백무성은 심마에 빠져 신중함을 잃어 단순히 표면적으로 강민이 보여주고 있는 무위를 전부로 알고 이야기를 하고 있었다.

지금 보이는 백무성의 판단력은 그랜드마스터 급이었던 메르딘 보다도 훨씬 떨어지는 것이었다.

백무성의 어이없는 말에도 강민은 별다른 표정 변화 없이 담담하게 말을 받았다.

"그렇게 보인다면 그렇게 생각하도록. 어쨌든 만나자고 한 쪽이 이제 의미 없다고 하니 이번 만남은 여기서 끝내지."

이 말을 하는 것과 동시에 유리엘에게도 심어를 보냈다.

[결계는 다 살펴봤어?]

강민과 유리엘이 처음 이곳에 관심을 가졌던 것은 이곳에 펼쳐진 독특한 결계 때문이었다. 그래서 강민은 유리엘까지만 목적을 달성했으면 미련 없이 떠나려고 그녀에게 물었다.

[네, 이 건물 뒤의 건물 지하에 결계의 핵이 있는 것 같은데, 대강 어떤 원리인지는 알겠네요. 특이한 것은 그 핵이 하나의 결계가 아닌 두 개의 결계를 동시에 관장하고 있다는 것이죠.]

[그래? 열어봐야 할까?]

[음…. 한 핵에 두 결계를 연동하는 것이 드물긴 하지만 뭐 그리 어려운 것도 아니니 괜찮아요. 다 파악했어요. 굳이 뜯어볼 정도는 아닌 것 같아요.]

[그렇다면 됐군. 그럼 가지.]

강민의 가자는 말에 유리엘은 잠깐 망설이더니 심어를 보냈다.

[…. 그런데 저 심마를 두고 그냥 갈 거예요? 만난 지 얼마 되진 않았지만 강호의 할아버지잖아요. 잘못된다면 강호가 아니 수아가 힘들어하지 않을까요?]

[그 생각을 안 한 것은 아닌데 지금 저 노인의 상태가 치료를 받을 상황이 아닌 것 같군.]

[음… 하긴 그것도 그렇네요. 안타깝지만 어쩔 수 없겠네요.]

[그래, 아직 완전히 잠식되지는 않았으니 앞으로 한 번 지켜보지.]

강민은 지켜볼 것이라 말했지만, 지켜볼 시간은 길지 않았다. 강민과 유리엘의 심어를 나누는 동안 백무성의 표정은 울그락불그락 거리고 있었기 때문이었다.

그가 그렇게 분노하는 이유는 사실 별 것도 아니었다. 강민의 마지막 말이 묘하게 짧아져 있다는 것을 알아차린 것뿐이었다.

지금까지 대화에서 강민은 그래도 백무성이 백강호의 할아버지라 최소한의 존대정도는 하고 있었는데, 마지막 말에서는 그것마저 생략한 채 짧게 말을 하였다. 이미 심마에 먹혀 더 이상 존중할 필요가 없다고 판단해서였다.

그리고 그것이 백무성의 신경을 거슬리게 하였다. 이미 백세에 가까운 삶을 살아오고 있는 자신에게 이제 서른이 약간 넘어 보이는 강민이 반말 짓거리를 하는 것에 대한 분노였다.

이 또한 평소의 백무성이라면 별로 개의치 않을 일이었다. 애초에 나이로 사람을 판단할 정도로 수행이 낮지 않았고, 생각이 깊은 평소의 백무성이라면 필시 다른 이유가 있을 것을 짐작하였을 것인데, 지금 그는 그런 생각을 할 상태가 아니었다.

그래서 강민의 말에 따라 나오는 대답도 곱지가 않았다.

"이 놈! 네 놈이 약간의 강함을 얻었다고 이렇게나 오만방자한 것이냐! 내가 너를 징치하여 장유유서의 법도를 세우겠다!"

강민은 그냥 놓아두고 떠나려는데 결국 백무성이 벌떡 일어나며 강민을 잡은 형국이었다.

"허참… 운이 좋은 것인지 운이 없는 것인지."

"뭐라?!"

"뭐 이것도 당신의 복이겠지. 일단 시작하자."

시작하자는 말과 함께 강민은 밖으로 나왔다. 아무래도 방 안에서 드잡이 질을 하기에는 방의 크기가 너무 작았기 때문이었다.

마당의 한 가운데 선 강민이 백무성에게 덤비라는 뜻으로 오른손을 내밀어 까딱거리자, 백무성은 극도로 화가 난 표정을 지으며 강민에게 달려들었다.

달려드는 백무성은 처음부터 광검을 꺼내어 들지는 않았다. 시작은 검강, 도를 쓰는 백무성에게는 도강인 강기부터였다.

항상 허리에 차고 있던 환도(環刀) 형태의 애도를 꺼내어 든 백무성은 곧장 그 도에 도강을 발현하여 강민에게 짓쳐 들어갔다.

기세는 흉험하였다. 지금까지 백무성의 무의식적인 자제력에 억눌렸던 심마가 백무성이 전투의지를 가진 순간 삽시간에 백무성의 본능을 장악하며 거친 기운을 뿜어냈기 때문이었다.

"허!"

백무성의 거친 행동에 대각선사의 입에서 자신도 모르게 경호성이 나왔다. 대각선사의 생각으로는 백무성이 가볍게 강민을 혼내주는 것 정도로 생각했었는데, 지금의 기세는 가벼운 것이 아니라 마치 생사결(生死決)을 나누는 것처럼 보였기 때문이었다.

그래서 백무성을 말려야 하지 않을까 하는 생각도 들었지만, 자신의 능력으로는 물리적으로 백무성을 막기는 힘들었다. 그가 손속에 사정을 두기를 바라는 수밖에 없었다.

다만, 백무성이 이런 상황에 대해서 인식하는 것을 도와줄 수 있도록 정신을 일깨우는 창룡음(蒼龍音)을 포함한 한 줄기 전음을 날렸다.

[무성! 손속이 과하네! 실력이 있다하더라도 아직 어린 아이야! 자네가 자비를 보이시게나!]

하지만 백무성은 대각선사의 바램과 달리 지금의 기세를 늦추지 않고 강민을 가격하였다.

콰앙~!

폭음이 터져 나왔다. 그러나 도강을 머금은 백무성의 환도는 강민을 직격하지는 못하였다.

그의 환도가 강민을 가격하기 직전 강민은 품속에서 2미터 정도 길이의 빛나는 봉을 꺼내 들어 그의 환도를 막아냈기 때문이었다.

하지만 첫 번째 공격이 막혔다고 바로 물러나기에는 지금까지 백무성이 살아온 시간이, 해놓은 수련이 너무 많았다. 백무성은 당연히 강민이 막아낼 줄 알았다는 듯 이어지는 공세를 펼쳤다.

쾅~쾅~쾅~쾅쾅~!

연속해서 폭탄이 터지는 듯 한 소리가 연이어 터져 나왔다. 백무성은 자연스럽게 이어지는 공격으로 강민의 상체 전부를 범위에 놓고 파상공세를 펼쳐 냈고, 강민은 들고 있던 봉으로 그의 공세 하나하나를 침착하게 막아냈다.

만일 이들의 전투를 알아볼 안목이 있는 사람이 이 전투를 보았다면, 이들의 흉험한 기세와는 달리 둘의 전투가 실전이 아니라 마치 지도대련을 하는 것처럼 보였을 것이었다. 당연히 가르치는 쪽은 강민이었고, 배우는 쪽이 백무성이었다.

하지만 그런 안목이 없는 사람들이 보기에는 백무성의 공세를 강민이 간신히 막아내는 것 정도로 밖에 보이지 않을 것이었다.

밖에서 어떻게 보이든 현재 강민의 표정은 너무 여유로웠고, 그렇게 강민이 여유 있는 표정을 지을수록 백무성의 표정은 점점 더 일그러지며 점점 더 강한 기운을 풍겨내었다.

그러나 그의 깊은 수행이, 마지막 이성이 심마의 발현을 저지하고 있는지 흉흉한 기세에도 불구하고 아직 살기까지는 띠지 않고 있었다.

그래서 대각선사는 전투의 맹렬한 기세에도 크게 걱정을 하지는 않았다. 백무성이 아까 그의 말을 듣고 손속에 사정을 두고 있다고 생각하였기 때문이었다.

이런 대각선사의 생각과는 달리 사실 백무성이 가진 인내력의 한계가 다가오고 있었다. 그의 마음 깊은 곳에서 점점 파괴적인 욕구가 솟구치며, 머릿속에 누군가의 말까지 들려오는 것 같았다.

〈다… 죽여… 다… 죽여라…〉

백무성은 내심 고개를 흔들며 머릿속의 목소리에 저항을 하였지만 머릿속의 목소리는 점점 더 커져가며 백무성을 자극하였다.

그런 백무성의 기색을 읽었는지, 강민은 지금까지의 수세적인 모습에서 벗어나서 이제는 적극적으로 봉을 휘두르기 시작했다.

쾅~ 퍽! 퍼퍼퍼퍽!

첫 번째 공격은 간신히 막아냈으나 이어지는 연환공격까지는 백무성이 막기 힘들었다. 봉에는 살기가 담겨있지 않아 생명을 잃을 정도로 치명적이지는 않았으나, 무슨 방법을 썼는지 고통은 살기 담긴 치명상보다 더 큰 것만 같았다.

"윽… 으윽… 윽…"

퍼버벅!

"… 으으윽…"

퍽~퍽~퍼억!

강민은 한 번 가져온 기세를 다시 백무성에게 넘겨주지 않았다. 마치 태풍이 몰아치듯 강민은 가지고 있는 봉을 휘둘러 백무성의 전신에 몽둥이 찜질을 하였다.

날도 없는 봉의 공격이었지만 내포된 경력이 대단한지 백무성은 봉이 닿을 때마다 신음성을 내며 몸을 비틀었다.

광검지경까지 올라온 고수가 이 정도 고통에 신음성을 내뱉는다는 것도 우스운 일이었지만, 강민의 봉이 그를 가격할 때마다 발생하는 고통은 광검지경의 고수로서도 참기가 힘든 고통이었다.

〈죽…여…라…〉

그렇게 강민의 봉에서 오는 지속되는 고통에 머릿속의 목소리까지 계속 반복되자, 어느 순간 백무성은 이성을 잃고 말았다. 드디어 심마에 완전히 장악당한 것이었다.

지금까지 강민이 노려왔던 것이 이것이었다. 한 방에 잠재울 수 있는 것을 굳이 오랜 시간 두들겨 대었던 것은 이렇게 골수에 스며든 심마를 완전히 발현시키기 위해서였다.

백무성의 눈가가 붉게 물들고 손에 살기가 맺히는 것을 확인한 강민은 잠시 물러나서 봉을 돌리더니 그에게 한 마디 하였다.

"이제 본격적으로 시작해 볼까?"

지금까지 한 전투가 무색하게 강민은 본격적이라는 말을 하며, 다시 백무성에게 봉을 휘둘렀다.

하지만 백무성은 조금 전까지 그의 모습이 아니었다. 이제 심마를 완전히 발현하여 손속의 망설임이 사진 백무성은 살을 주고 뼈를 깎는 모습으로, 강민의 봉을 아슬아슬하게 피해내며 일수일수(一手一手)에 살기를 띤 흉맹한 공격을 감행해 왔다.

환도에 맺혀있는 도강 역시 아까 전과는 차원이 다른 모습이었다.

갑작스럽게 터져 나온 살기에 놀라 대각선사가 한 번 더 창룡음이 섞인 전음을 보냈지만, 백무성은 이제 그런 것을 신경 쓸 상황이 아니었다.

대각 선사가 보기에는 흉험한 도강을 두르고 환도를 전개해 나가는 백무성에게 강민이 곧 살해당할 것만 같았다.

하지만 상황은 이런 대각선사의 생각과 반대로 흘러갔다. 여전히 강민의 봉에 백무성이 두들겨 맞고만 있었기 때문이었다.

흉폭해 보이는 백무성의 도격이 강민의 전신을 노리고 달려들었지만, 여전히 강민은 그런 공격을 슬쩍슬쩍 피하면서 백무성의 온 몸에 금빛으로 빛나는 봉을 가격하였다.

다만, 아까와 다른 점은 백무성이 기를 극도로 운용하여 호신강기까지 펼쳤는지, 더 이상 봉의 공격에 신음성을 내거나 움찔 거리지 않는다는 차이점이 있었다.

그래봤자 수세를 피할 수는 없었다. 살기 띤 공격까지 했는데도 여전히 상황을 장악하지 못하자, 백무성은 최후의 수단을 사용하기로 하였다.

"네가 이것까지 막을 수 있는지 보자!"

광검이었다. 잠시 정신을 집중한 백무성은 아까 전 대각선사에게 보여줬던 광검을 시전하였다.

광검만 별도로 생성한 것이 아니라, 지금 쓰는 도에 도강 대신 광검, 이 경우에는 광도(光刀)를 깃들게 한 것이었다.

엄청난 기운은 내뿜으며 밝게 빛나는 백무성의 환도는 마치 지상에 태양이 강림한 것과 같은 모습을 보였다.

"어떠냐? 이것이 광검이다. 아니 광도하고 해야 할까? 뭐 어쨌든 네 오만을 탓하며 세상에서 사라지거라!"

백무성은 빛이 깃든 자신의 환도를 유성파천(流星破天)의 식으로 강민에게 내리그었다. 도세를 전개하는 백무성은 강민이 결코 이것을 피하지 못할 것이라는 자신감에 찬 모습이었다.

백무성의 자신감을 보여주기라도 하는 듯 강렬하게 빛나는 백무성의 광도는 주변을 초토화 시킬 수 있는 거력을 머금은 채 강민에게로 떨어졌다.

하지만 당연하게도 강민은 여전히 여유로운 모습이었다.

"이제야 끝낼 때가 왔군."

자신에게 다가오는 도세에도 강민은 느긋하게 한마디 던지더니 광도에 맞서 봉을 내질렀다. 가볍게 찌르는 것처럼 봉이었지만 그 속에 담긴 힘은 결코 가볍지 않았다.

콰지직!

마치 아름드리 나무가 부러지는 것과 같은 소리가 나더니 백무성의 광도는 강민의 봉에 뚫려버렸다.

그렇게 백무성의 공격을 파훼한 강민의 봉은 거기서 그치지 않고 한참을 더 백무성에게 나아갔다. 봉의 끝이 가리키는 곳은 백무성의 단전이었다.

백무성은 자신의 도세가 파훼되는 것을 확인한 후 초월의 영역까지 펼치면서 자신의 단전을 향해 다가오는 봉을 피하려고 하였으나 그의 역량으로는 역부족이었다.

콰앙!

백무성은 피하지는 못했으나 자신의 전 마나를 담아서 호신강기를 펼쳤고, 강민의 봉과 호신강기가 부딪혀서 마치 폭탄이 터지는 것과도 같은 소리가 터져 나왔다.

그러나 이것이 끝이 아니었다. 봉에 맞고 날아가려는 백무성을 허공섭물로 움켜쥐어 자신의 앞으로 끌어들인 강민은 아까보다 더욱 더 격렬하게 백무성을 두들기기 시작했다.

퍽퍽퍽퍽퍽퍽~!

허공섭물 때문에 빨랫줄에 걸린 빨랫감처럼 공중에 매달린 백무성에게 강민은 마치 이불을 털듯이 폭풍 같은 연타를 날렸다.

순식간에 벌어진 일이라 대각선사 역시 어떻게 상황이 이렇게 변하였는지 어리둥절 할 뿐 감히 끼어들 생각도 못 하고 있었다.

백무성이 광검을 펼친 이후 강민에게 잡혀서 저렇게 되기까지 걸린 시간은 불과 몇 초 남짓이었다.

"그… 그만하게! 이제 되었지 않는가!"

친우가 처참하게 두들겨 맞고 있는 모습에 대각선사는 서둘러 강민에게 외쳤다. 사실 조금 전 백무성이 했던 행동을 생각하면 강민의 이 구타는 별 것 아닌 것일 수도 있지만, 당황한 대각선사는 그런 생각을 할 겨를도 없었다.

대각선사의 말에도 강민이 그만 두지 않고 계속해서 백무성을 두들기자, 참다못한 대각선사가 직접 나서려고 하였다. 하지만 이어서 들려오는 유리엘의 말에 대각선사는 몸을 멈출 수밖에 없었다.

"선사님, 지금 민은 백가주를 치료하고 있는 것입니다."

"치료?"

"느끼셨을지 모르겠지만, 백가주는 지금 심마에 완전히 장악당한 상태지요."

유리엘이 심마를 언급하자 대각선사는 깜짝 놀라며 반문하였다.

"심마라니!"

하지만 곰곰이 생각해보니 조금 전 백무성과 대화를 나눌 때 분명 사이한 기운이 느껴졌었다.

그 뒤로 이어진 충격적인 발언들 때문에 사이한 기운에 대한 생각을 잊어버렸었지만, 분명 상서롭지 않은 기운의 발현을 느꼈었다.

'그게 심마가 발현하는 것이었던가….'

대각선사가 뭔가 짐작이 간다는 듯한 표정으로 생각을 하고 있자 유리엘이 한마디 말을 더 덧붙였다.

"골수까지 파고든 심마를 뽑아내려면 심마를 자극하여 완전히 발현시킨 후 저렇게 제마봉(制魔棒)으로 두들기는 것이 가장 좋죠."

사실 저렇게 두들기지 않고도 심마를 뽑아 낼 수가 있긴 하였다. 하지만 그렇게 된다면 골수 깊숙이 파고든 심마의 잔재까지 빼내기는 힘들고, 그런 잔재들이 나중에 본성과 결합하여 본성자체가 변해버릴 수 있다는 위험성도 있었다. 결국 유리엘의 말처럼 이 방법이 가장 좋은 방법이었다.

유리엘의 말까지 듣자 대각선사도 더 이상 움직일 생각을 하지 않았다. 다만 그의 머릿속에는 다른 생각들로 가득 찼다.

'무성은 검강지경의 경지를 뛰어넘어 광검지경에 도달

하였다 하였는데 지금 저자는 그런 무성을 어린 아이 다루 듯이 쉽게 다루다니 도대체 저자의 능력은 어디까지라는 말인가… 역시 천기가 가리키던 자가 저자가 맞는가보 군….'

오분여의 시간이 지나자 백무성의 머리 위쪽으로 거무 스름한 형체가 나타나기 시작했다. 제마봉의 고통에 활성 화된 심마가 극도로 분노하며 실체를 가지기 시작한 것이 었다.

"허어… 저게 대체 무엇인가?"

실체화 된 심마는 마나를 다룰 수 있는 사람이라면 누구 나 볼 수 있었기에, 대각선사 역시 그 심마의 실체를 확인 하고 곁에 있던 유리엘에게 말을 건넸다.

"저게 백가주를 홀린 심마의 실체지요. 조금만 기다려 보세요. 전체가 다 빠져나오면 민이 처리할 테니까요."

유리엘의 말처럼 검은 안개 형체의 심마는 아직 백무성 의 몸을 다 빠져나온 것이 아니었다. 꼬리라 할 수 있는 하단부가 아직 백무성의 정수리와 맞닿아 있었던 것이었 다.

실체화 된 심마는 자의로 나온 것은 아니었다. 그것을 보여 주기나 하는 듯 심마는 지속적으로 꿈틀거리면서 백 무성의 몸으로 되돌아가려고 노력하였다.

하지만 강민의 사용하는 제마봉에 무언가 특수한 기운

이 있는지 다시 돌아가지는 못하고 계속해서 백무성의 백회혈 위에서 맴돌고 있었다.

다시 삼분여의 시간이 지나자 검은 심마의 형태는 처음보다 두 배는 더 커져 백무성의 머리통만한 크기까지 커졌다. 그리고 그 꿈틀거림은 더 격렬해졌다.

이윽고 백무성과 심마가 완전히 분리 되었다. 심마의 꼬리와 백무성의 정수리가 떨어졌다는 이야기였다.

그것을 확인한 강민은 지금까지 백무성을 두들기던 제마봉을 하늘을 향해 세우더니 그대로 그의 머리를 향해, 정확하게는 심마를 향해 내리쳤다.

휘이잉!

화려한 빛을 뿌리며 백무성의 머리를 부술 것 같은 기세로 떨어지던 제마봉은 정확히 그의 정수리에서 멈춰 섰다. 즉, 심마만을 꿰뚫었던 것이었다.

심마는 실체가 없는 존재라 박살나서 흩어졌지만 아무런 소리가 나지 않았다. 다만, 백무성이 털썩하고 그 자리에 쓰러져 버렸다.

심마가 빠지면서 생긴 허탈감 때문인지, 아니면 강민의 제마봉에서 나온 경력에 충격을 받은 것인지 모르겠지만 백무성은 의식마저 잃어버린 상태였다.

"무성!"

친우가 쓰러진 것을 확인한 대각선사는 서둘러 백무성

에게 다가가서 그를 부축했다. 하지만 백무성은 여전히 의식을 차리지 못 하였다.

"너무 걱정하지 마세요. 일시적인 탈력감 때문이니까요. 우선 방으로 눕히지요."

대각선사가 백무성 안아 방으로 옮겼고, 다시 일행은 이야기를 하기 시작했다. 그 때까지 백두일맥의 일원들은 아무도 일행들이 있는 곳으로 오지 않았다.

그것은 애초에 대각선사와 백무성이 이야기를 나누던 담화청(談話廳)이 본가의 중심에서 다소 떨어진 곳에 있었고, 대각선사와 긴밀한 대화를 하기 위해서 수발을 하던 인원까지 백무성이 다 물렸기 때문이었다.

물론 전투가 발생하며 큰 소음이 발생하여 충분히 알아차릴 수도 있었을 것이나, 강민이 쓸데없는 오해를 피하기 위하여 전투의 시작과 동시에 차음강막을 펼쳐서 소리가 새어나가지 않도록 조치하였기 때문에 아직 백두일맥에서는 가주가 쓰러진 것도 모르고 있었다.

강민과 유리엘이 자리를 잡자, 여전히 의식을 잃은 채 누워있는 백무성을 바라보던 대각선사가 입을 열었다.

"무성은 괜찮은 건가?"

"괜찮을 겁니다. 다만."

"다만?"

"섣불리 광검지경의 문을 두드리는 것은 자제를 해야겠

136　現世　7
　　　歸還錄

지요. 아무래도 한 번 발현한 심마라 다시금 같은 방식으로 발현할 수 있으니 말입니다."

만약 스스로 심마를 극복하여 냈다면 완전히 광검지경에 오를 수 있었을 것이나, 백무성은 강민의 도움을 통해서 심마에서 벗어난 것이었다.

그 말인 즉, 심마가 발현한 이유를 해결하지 못했다는 말이었다. 이 상태에서 같은 방식으로 또다시 광검지경으로 들어가고자 수련을 한다면 다시금 심마에 장악당할 우려가 있었다.

"그렇다면 이제 영영 수련을 하지 못하는 것인가?"

대각선사의 걱정스러운 물음에 강민은 고개를 저으며 말했다.

"그런 것은 아닙니다. 오히려 수련을 해야겠지요. 지금 백가주의 상태는 검강지경과 광검지경의 사이에 있는 정도의 경지라 할 수 있지요. 정확히 말하면, 정신은 검강지경인데, 신체적 경지는 광검지경의 초입이라 할 수 있을 것입니다. 이 상태를 계속 둔다면 정신과 신체의 괴리로 인하여 또다시 심마가 찾아올 수 있을 것이니 수련을 서둘러야겠지요."

"음? 앞서의 말과는 다르지 않는가?"

앞서 강민은 광검지경의 문을 두드리는 것을 자제해야 한다고 하였기에 대각선사는 이를 지적하며 말하였다.

"경지를 넘는 수련을 자제해야 한다는 뜻이지요. 수련 자체는 더 필요할 것입니다. 검강지경의 수련을 거듭하다 보면 다시금 길이 열릴 것입니다. 그 때의 길은 지금 갔던 길과는 다른 길이겠지요. 아무래도 신체는 광검지경에 들어가 있으니 그리 오래 걸리지는 않을 것입니다."

"그런 말이군… 알겠네. 내 그리 전해 주겠네."

"그럼 저희는 그만 돌아가 보겠습니다."

이제 할 말을 마친 강민과 유리엘을 자리에서 일어나려 하였는데, 대각선사의 목소리가 들려왔다.

"잠깐만 기다려주게나!"

"무슨 일이시지요, 선사님?"

무언가 이야기 하려던 대각선사는 잠시 망설이더니 다른 이야기로 말을 돌렸다.

"음… 아닐세. 아. 자네, 혹시 우리 금강선원의 부탁을 들어준다고 했던 일 기억하는가?"

"기억하고 있습니다. 부탁할 것이 있으시면 말씀해주십시오."

과거 강민이 금강선원을 떠날 때, 금강선원의 대제자였던 진운이 강민에게 나중에 부탁할 것이 있다는 언급을 하였었다. 그리고 망각을 모르는 강민은 당연히 그 사실을 기억하고 있었다.

"지금 당장은 아니고, 나중에 부탁을 할테니 외면하지

말아주시게나."

"네, 그리하지요. 선사님."

그렇게 강민과 유리엘은 자리를 비웠고, 의식을 잃은 백무성과 대각선사만이 방에 남았다. 대각선사는 가만히 백무성을 보면서 머릿속으로 생각을 정리하였다.

'무성, 너무 급하게 마음먹지 말게나. 지금껏 우리가 준비한 것들이 틀리지 않았어. 그 오랜 시간을 허투루 보낸 것이 아니란 말일세. 천기가 극도로 어지러운 것을 보니 조만간 일이 터질 것 같은데 그 때까지 힘을 내시게나…'

5장. 등장

NEO MODERN FANTASY STORY & ADVENTURE

현세귀환록

現世
歸還錄

5장. 등장

"진성아! 화염구!"

30대 정도로 보이는 장검을 든 사내가 뒤에 있는 20대 청년의 이름을 부르며 외쳤다. 장검을 든 사내의 전면에는 대략 5미터 정도의 크기의 마물이 날카로운 팔을 위협적으로 휘두르고 있었는데, 생긴 모습이 붉은색의 사마귀와 흡사하였다.

"네, 수철이형!"

진성은 수철에게 대답하며 빠르게 정신을 집중하더니 전면을 향해 양손을 내밀었다. 별다른 수인도 영창도 없었지만, 진성의 손앞에는 축구공만한 화염구가 나타났다. 마나의 발현 형태로 보아 마법이 아니라 초능력 계통의 이능으로 보였다.

그렇게 나타난 화염구는 진성의 손짓에 따라 사마귀의 머리통을 향해서 날아갔다. 사마귀는 자신의 전면에서 검을 휘두르는 수철에게 집중한다고 아직 화염구에 대해서 눈치를 채지 못하고 있는 것처럼 보였다.

퍼~~엉!

당연히 화염구는 마물에게 적중하였는데, 진성이 사용한 화염구는 일반적인 화염구와 전개 양상이 달랐다.

보통의 화염구는 폭발과 동시에 사라지지만, 지금의 화염구는 마물의 머리에 들러붙어 지속적인 화염피해를 주고 있었던 것이었다. 마치 휘발유를 담은 화염병이 터진 것과 같은 모습이었다.

계속해서 피어오르는 불꽃에 마물의 시야가 제한되었는지, 수철을 노리고 팔을 휘두르는 것이 아니라 마구잡이로 팔을 휘두르기 시작했다.

"와우! 좋은데? 그럼 끝내 보자고!"

불타오르는 마물의 모습을 보던 수철은 진성을 보며 한마디 던지더니 짧게 짧게 스텝을 밟아가며 마물이 휘두르는 팔을 피해서 접근하기 시작했다.

만일 마물이 제대로 시야를 확보하고 접근하는 것도 조심스러웠을 테지만, 지금의 마물은 아직까지 불타고 있는 화염 때문에 여전히 정신을 못 차리는 상태였다.

그렇게 마물의 지근거리까지 접근한 수철은 마지막 일 격을 가하기 위해서 이미 자신의 장검을 샤이닝 상태로 만 들어 놓고 있었다.

이윽고 마물이 크게 오른팔을 휘두르며 빈틈이 생기자, 수철은 망설이지 않고 마물의 목을 향해 검격을 날렸다.

샤아악~!

샤이닝 상태의 수철의 검은 어렵지 않게 마물의 목을 베 어냈고 목을 잃은 마물은 몇 차례 버둥거리다 털썩하고 쓰 러져버렸다.

쓰러진 마물에게서 별 다른 움직임이 없었기에 죽은 것 이 분명하였지만, 뒤 쪽에서 다급한 진성의 목소리가 들려 왔다.

"형, 조심해요!"

이미 마물이 죽었는데 진성은 수철에게 경고의 말을 던 졌고, 수철 역시 그것을 알고 있다는 듯한 대답을 하였다.

"한두번 하는 것도 아닌데 새삼 경고야. 엇차!"

수철은 진성의 말에 대답하면서 뒤로 풀쩍 뛰었는데, 수 철이 자리를 피하자마자 마물의 복부 부분이 터지면서 녹 색 체액이 사방으로 튀었다.

퍼억!

터지는 소리와 함께 사방으로 튄 체액은 단순한 녹색 액 체가 아니었다.

치이이이익~

마물의 체액은 강력한 독성이나 산성을 머금고 있는지 타는 소리를 내며 주위의 나무를 한참 동안이나 녹였다.

수철이 마물의 체액을 안전하게 피해낸 것을 확인한 진성은 다시금 수철에게 말했다.

"저번에 깜빡한 건 잊었나 봐요?"

"야. 그때는…. 에휴, 내가 말을 말아야지. 그래 고맙다, 고마워."

"그러니까 나한테 잘하라고요. 히히."

둘은 장난스러운 말을 주고받으면서 뒤쪽에 준비했던 배낭에서 푸른색 약품을 꺼내더니 마물의 체액이 떨어진 곳에 뿌렸다.

약품은 마물의 체액을 중화시켜주는 역할을 하는지 약품이 뿌려진 자리에는 더 이상 타는 듯한 소리가 나지 않았다. 약품을 꺼내서 뿌리는 모습이 익숙해 보이는 것이 한두 번 해본 솜씨는 아닌 것 같았다.

대강 상황을 마무리한 수철은 사마귀의 사체를 살펴보고 있는 진성에게 말을 건넸다.

"진성아. 고생했다. 근데 화염구가 전과는 다른데? 어떻게 된 거야?"

"아. 얼마 전에 얻은 카르마 포인트로 화염지속에 관한 능력을 배웠어요. 거기에 150포인트나 썼다구요."

150포인트가 적은 수치는 아니었는지 수철도 약간 놀란 얼굴로 진성의 말을 받았다.

"150포인트? 무리했는데? 근데 얼마 전에 배웠는데 벌써 이렇게 실전에 쓸 만큼 수련한 거야?"

"아무래도 지금 쓰는 화염구와 상성이 맞아서 그런가 봐요. 그래도 아직 숙련도는 5 밖에 안 되요. 안내영상을 보니 숙련도를 올릴수록 화염의 범위도 넓어지더라구요. 쓸만한 것 같아요."

"쓸만한 정도가 아니지. 최고네 최고! 하하하하."

수철의 칭찬에 진성도 궁금하다는 표정으로 그에게 물었다.

"형도 카르마 포인트가 200 정도 있었잖아요. 뭐 배운 것 없어요?"

"그게… 200포인트짜리 맹호검법을 배우려고 하는데, 능력등급에 제한이 있어서 아직 보류 중이야."

"어디에 제한 걸린 거에요?"

"신체 등급 쪽인데 아무래도 밸런스를 맞추기 위해서는 민첩성 쪽을 올려야 할 거 같아."

수철의 말에 고개를 끄덕이던 진성은 레드 맨티스의 팔을 들어 올리며 지겹다는 표정으로 그에게 말했다.

"그렇구나. 어쨌든 레드 맨티스는 이제 그만 잡는게 어때요? 돈도 별로 안 되는데 말이에요."

"야. 그래도 우리 둘이서 잡기에는 이 녀석만큼 편한 게 없어. 괜히 무리하다가 비명횡사 한다. 그리고 돈 안 된다고 하지만 잘만 팔면 일억까지는 받잖냐."

"에이~ 언제적 이야기에요? 요즘 시세는 오천만원 정도 밖에 안 되잖아요."

"뭐 그렇긴 하지만… 에휴. CD급 마물이 5천이라니 세상이 좋아 진건지 안 좋아 진건지…."

차원통합이 본격화되기 전만 하더라도 C급 마물의 사체는 보통 5억에서 많이 받으면 10억까지도 받을 수 있었다.

하지만 마나장의 통합이 진행되며 웜홀의 출현 빈도가 급속히 많아졌다. 웜홀이 많이 나타났다는 말은 마물의 출현 역시 많아졌다는 이야기였다. 그렇게 되다보니 마물 사체의 가격은 매우 떨어졌다.

물론 아직 B급 이상의 고급 마물은 상당한 가치가 나가나 C급 이하의 중하급 마물의 가치는 폭락이라 할 수 있을 정도로 떨어져버렸다.

더군다나 이런 마물들을 잡을 수 있는 헌터의 숫자 역시 제니아 시스템의 등장으로 폭증하자 마물의 공급이 수요를 월등히 초과하면서 가격 하락을 가중시켰다.

"어쨌든 형도 이제 B급에 들어섰고, 나도 CA급까지 올라왔는데 계속 이런 CD급 마물만 노릴 필요는 없잖아요. B급에도 도전해보는 게 어때요?"

"아서라. 진짜 비명횡사하고 싶어? 저번에 진호형 팀에서 B급 잡으려고 하다가 팀원 다섯 명중에서 세명 죽고 진호형하고 승찬이만 간신히 살아남았다더라."

"진짜요? 진호형이라면 BD급일텐데…."

"BD가 아니라 BC래. 근데도 그랬다더라고. 여튼 네 말 알겠으니 CA급 마물까지는 사냥 범위에 넣어볼게."

"헤헤. 그래요, 형."

그렇게 수철과 진성이 특이하게 생긴 칼을 꺼내서 레드 맨티스를 해체하는 동안 그들의 뒤에서는 왠지 모를 기분 나쁜 기운이 풍겨나오더니, 갑자기 검은 색 구체가 나타났다.

하지만 둘은 레드 맨티스의 해체에 집중하느라 아직 이 구체의 출현을 눈치 채지 못하고 있었다.

둘이 해체를 하는 동안 검은 구체는 점점 더 커져갔고, 기분 나쁜 기운 역시 구체가 커지면서 같이 커져나갔다. 거의 직경 2미터에 이르는 정도로 커진 구체는 더 이상 커지지는 않았는데 기분 나쁜 기운은 점점 더 짙어졌다.

이쯤 되자 구체를 등지고 작업을 하던 진성과 수철 역시 이 구체의 등장을 알아차릴 수밖에 없었다. 구체에서 나오는 기운이 심상치 않았기 때문이었다.

먼저 구체를 알아차린 것은 그래도 조금 더 강한 수철이었다.

"어? 뭐야 저건?"

수철의 말에 진성 역시 뒤를 돌아보았고, 당연히 구체의 등장을 파악하였다.

"뭐 말이에요? 어? 저런 건 처음 보는데…."

"웜홀 탐색기에 잡히지 않는 것으로 보아 웜홀은 아닌 것 같은데…."

"그러게요. 뭔지 기분 나쁜 느낌이네요."

진성의 마지막 말에도 대답하지 않고 잠시 동안 구체를 바라보던 수철은 꺼림칙한 표정을 지으며 진성에게 말했다.

"야. 얼른 정리하고 빨리 뜨자. 왠지 기운이 심상치 않아."

"알겠어요. 어차피 레드 맨티스의 핵심부분인 마정석하고 칼날부분은 챙겼으니, 얼마 안 하는 외골격은 단단한 등 부분만 챙기고 가요."

"그래."

말을 마친 둘은 완만한 곡선을 가진 소검으로 레드 맨티스의 등 부분을 서둘러 절개하여 갔다. 하지만 그 크기가 있다 보니 등만을 잘라내는 대도 다소 시간이 걸렸다.

그러던 중 지금까지 기분 나쁜 기운만을 풍겨내던 검은 구체가 터지는 듯한 모습으로 흩어지며 사라졌고, 그 구체가 사라진 곳에서는 2미터가 넘어 보이는 사람 형태의 무엇인가가 나타나있었다.

"헛!"

레드 맨티스를 분해하면서도 구체에서 시선을 떼지 않고 있던 수철은 갑자기 나타난 인영(人影)에 놀라 신음성은 내었고, 진성 역시 그 소리에 놀라서 인영을 바라보았다.

사람 모습의 인영은 정확히 말해서 사람은 아니었다. 검붉은 피부는 둘째 치더라도, 머리에 달린 손가락만한 두 개의 뿔은 그가 사람이 아님을 확연히 보여주고 있었다.

"이…인간형 마물인가 봐요, 형!"

"마물은 아냐, 마나 충돌이 없잖아."

마나장 통합이 진행되며 마나충돌이 약해져가고는 있지만, 아직도 분명히 마나충돌은 있었다. 그렇기에 웜홀에서 튀어나오는 마물들은 그들의 표면에 마나 충돌로 인한 불꽃이 튀는 것이 아직은 상식으로 받아들여지고 있었던 것이었다.

하지만 지금 나온 마물은 그런 마나 충돌이 보이지 않고 있었다.

당황하며 대화하는 수철과 진성을 흘깃 본 뿔 달린 마물은 입맛을 다시더니 입을 열었다.

"흐흐. 운이 좋군. 이곳에 오자마자 이런 별식이라니 말이야. 크크크"

당연하게도 둘은 마물의 말을 알아들을 수는 없었지만, 마물의 표정과 행동으로 그가 무슨 말을 하고자 하는지는 알 수가 있었다.

"야. 심상치 않다. 전투 준비해."

"네. 근데 우리끼리 가능할까요?"

"일단 부딪혀보고 안되면 플랜B다."

"알겠어요."

플랜B라는 말은 도주할 때 하는 행동에 대해서 사전에 둘이 정해 놓은 룰이었다. 가끔 등급을 초월하는 능력을 가진 마물이 등장할 때가 있었기에 부득이하게 정해놓은 절차였다.

일반적으로 마물이 등장할 때 웜홀 탐색기에서 그 마물의 등급까지 측정해서 미리 알려줬기 때문에 자신의 능력을 능가하는 마물을 잡으려 하는 헌터는 거의 없었다.

하지만 지금 갑자기 튀어나온 이 마물은 그런 절차가 없었기에 어느 정도 급인지 알 수가 없었다. 그래서 둘은 플랜B까지 가정하면서 마물을 상대할 준비를 하고 있었다.

그러나 그들은 그런 고민을 할 필요가 없었다.

휘익~! 퍽~퍽~!

순식간에 달려든 마물이 눈 깜짝할 사이에 둘의 심장을 뽑아버렸기 때문이었다. 둘의 심장을 양손에 든 마물은 피가 뚝뚝 흐르는 심장을 보며 입맛을 다시더니 게걸스럽게 두 심장을 먹어치우기 시작했다.

우적우적~

그리고 이런 일은 이곳에서만 일어난 것이 아니었다. 전세계적으로 수백여 군데에서 이런 일이 벌어지고 있었던 것이었다.

✛

KM 그룹 회장실에서 집무를 보고 있는 강민과 유리엘의 앞에 순식간에 반투명한 금발의 미녀가 나타났다. 바로 제니아였다.

갑작스러운 제니아의 방문에 유리엘이 의아한 표정으로 물었다.

"제니아. 정기 보고 시간이 아닌데 웬일이야?"

"유리님. 긴급 보고 사항이 있어서 내려왔습니다."

"긴급보고? 무슨 일이야?"

"말씀드리는 것 보다는 영상으로 보시는 것이 나을 것 같습니다."

말을 마친 제니아는 강민과 유리엘의 앞으로 커다란 스크린을 띄워서 영상을 보여주기 시작했다.

제니아가 보여주는 영상은 다양한 모습의 마물들이 헌터를 먹어치우는 장면들이었다. 대다수의 마물들은 인간형태와 흡사한 마물이었지만, 일부는 무엇을 닮았다고 딱히 정의하기 어려운 괴이한 형태의 마물들도 있었다.

그리고 그 마물들은 하나같이 마나 충돌이 일어나지 않은 것을 확인할 수 있었다.

"흠. 저건…."

"이차원(異次元)의 마물이 아니라 현 차원의 악마들이네요."

"어쩐지 균열이 닫히지 않고 계속 지속 되는가 했더니, 어디서 악마 한 마리가 올라왔나보군."

"보아하니 꽤나 고위 악마인가봐요. 이렇게까지 소환의식을 벌인 것을 보니 말이에요."

"고위 악마 한 마리로 보기에는 지금 소환구(召喚球)의 개수도 너무 많고, 그것이 펼쳐진 범위도 너무 넓은 것 같은데?"

"음…. 지금 정도의 균열에서 여러 마리가 한 번에 튀어나오긴 힘들었을테고, 그렇다면 균열을 뚫고 올라온 최고위 악마가 고위 악마를 불렀고 그 악마들이 각자의 부하들을 소환한 것이겠군요."

"그런 것 같아. 그리고 아무래도 다수를 대상으로 소환의식을 펼치다보니 의식의 장악력이 떨어져서 이렇게 소환구가 전 세계에 퍼져서 나타난 것이겠지."

"인간들의 공포를 조장하기 위해서 의도적으로 퍼트린

것일 수도 있겠죠.

군이 마나 위성으로 낱낱이 지켜보지 않더라도 장구한 세월동안 별의 별 경험을 다 해본 강민과 유리엘은 대화를 통하여 정답에 가까운 추론을 해내었다.

"최고위급 악마라. 어느 정도 수준일까요? 볼테르 수준까지 기대해볼 수 있을까요?"

"글쎄, 볼테르는 마나 문명이 발달한 그 곳에서도 수천 년에 한 번 나올까 말까한 녀석이니 그 정도는 안 될 것 같은데."

"음…. 그럼 리카도?"

"이로스트 차원의 마왕 말이지?"

"네, 그 녀석요. 상당히 지저분하게 싸웠던 것이 기억나네요."

"뭐 그 정도 수준이라면 이곳에서도 가능성이 있겠지. 어쨌든 고위 악마라면 오랜만에 손맛을 볼 수 있을 수도 있겠군."

"호호호, 민이 손맛을 볼 수 있을 정도의 상대나 될까요?"

마신이 등장한다면 모를까, 고작 마왕급 마족쯤을 처리하는 것은 둘에게 전혀 어려운 일이 아니었다.

하지만 이곳의 인간들에게는 달랐다. 마왕급, 아니 마공작급만 등장하여도 세계적인 규모의 재앙이 벌어진 것과 마찬가지의 상황이라 할 수 있었다.

당연히 그런 상황에 대해서 잘 알고 있는 강민은 유리엘에게 대응방안을 물었다.

"뭐 그 최고위급 악마는 우리가 처리한다 하더라도, 밑의 녀석들은 어떻게 하려고 그래?"

"최고위급 악마만 없다면 다른 녀석들은 이 세계의 이능력자들도 충분히 상대가 가능할 것 같은데요? 시스템을 통해서 보니 최근에 그랜드 마스터에 오른 녀석도 세 명이나 되고 마스터 급은 두 자리 수가 넘으니 말이에요."

"그 정도야? 내가 이들을 과소평가 했나보군."

제니아 시스템이 가동된 지 아직 1년이 채 안 되었는데, 나온 결과물은 최초의 예상을 월등히 초과한 것이었다.

가장 큰 이유는 비인부전(非人不傳)의 원칙이 깨어진 덕분이라 할 수 있었다. 제니아 시스템이 생기기 전에는 대부분의 무공이나 마법 등의 비전(秘傳)은 도제식으로 비밀리에 전수가 되었다.

그래서 능력이 출중하더라도 인연이 닿지 않으면 제대로 된 비전을 익힐 수가 없었다. 하지만 제니아 시스템의 등장은 그런 비전에 대한 제한을 모두 날려버렸다.

능력만 있으면 언제든지 자신에게 맞는 무공과 마법과 이능을 배울 수 있었다. 이로 인하여 정체되어 있던 능력자들의 극적인 성장이 나타나게 된 것이었다.

"어쨌든 능력자들은 충분히 있으니 그들에게 적절한 동인(動因)만 제공한다면 처리 못할 것도 없겠지요."

"어떤 동인을 주려고 그래?"

강민의 물음에 유리엘은 웃으면서 대답하더니 제니아를 불렀다.

"호호호, 다 방법이 있지요. 제니아."

강민과 유리엘의 대화 동안 가만히 선 자세로 대기하고 있던 제니아는 유리엘의 부름에 고개를 숙이며 대답했다.

"네, 유리님."

"악마 척살 퀘스트를 공지해."

유리엘이 생각한 동인은 퀘스트였다. 그리고 그 퀘스트에는 당연히 보상이 뒤따를 것이었다.

"퀘스트라면…."

"지금 웜홀 탐지 시스템처럼 악마 탐지 시스템을 만들어서 배포하고 악마의 등급별로 포인트를 부여해서 카르마 포인트와 연동하면 되겠지."

"네, 알겠습니다. 그렇게 공지를 하겠습니다."

유리엘의 말에 제니아는 다시 한 번 고개를 쑥이고 사라지려고 하였으나 이어지는 유리엘의 말이 그녀를 잡았다.

"아, 한 가지 더. 최고 득점자에게는 아이란 차원에 있던 전설의 드워프 지그문이 만든 성검 히페리오네를 준다고 해."

"타 차원의 마법기를 이 차원으로 가져오면 단지 튼튼한 검의 효능 밖에는 없을 텐데요?"

마나 충돌은 생명체에만 나타나는 것이 아니었기에 제니아의 의문은 당연한 것이었다. 물론 그 튼튼한 검의 효능만 해도 대단한 것이지만 마나 능력을 쓰지 못한다면 그 가치는 반토막, 아니 반토막보다 더 떨어질 것이었다.

"어차피 기존의 술식이 짜여져 있으니 마나만 이곳의 마나로 대체해서 주입하면 비슷한 효능이 나올테니 걱정 마."

히페리오네는 아이란 차원의 전설적인 영웅인 드리시스의 애검으로 폭풍과 벼락을 부르는 검이라는 스톰브링거라는 별칭으로 불리기도 하였던 검이었다.

하지만 폭룡 케르빈이 드리시스 제국을 통째로 삼키면서 같이 넘어가게 되었는데, 훗날 강민이 케르빈을 해치우면서 유리엘의 창고에 들어가게 된 것이었다.

강민은 히페리오네를 언급하는 유리엘의 말에 새삼 생각난다는 표정으로 말했다.

"히페리오네라. 최소 검강지경은 되어야지 그 검에 담긴 경력을 감당할 수 있겠네."

"뭐 어차피 최고 포인트 득점자는 그랜드 마스터급은 되지 않겠어요?"

"그렇겠지. 아. 그럼 만일 마법사나 초능력자면 어쩌려고?"

"음. 아마 검사가 될 가능성이 가장 높겠지만, 만일의 경우도 있으니 준비는 해놓아야겠네요. 마법사는 토니우스의 지팡이면 될 것 같고, 초능력자라면 마시리카의 증폭팔찌 정도면 되겠네요. 뭐 상황 봐서 준비해주죠. 호호호."

어차피 유리엘의 창고에는 셀 수 없을 정도로 많은 마법 물품들이 존재하고 있었기 때문에 몇 개 꺼내어 주는 것은 어렵지 않았다.

다만, 그대로 쓸 수는 없는 것이, 마법 물품에 담긴 마나의 성질이 차원마다 다르기 때문에 이 차원에서 쓸 수 있게 하려면 히페리오네처럼 그녀가 별도로 가공을 해주어야 한다는 수고로움은 있었다.

유리엘의 지시사항이 다 끝나자 제니아는 공손히 고개를 숙이며 인사를 한 후 스르륵 사라졌다.

그리고 제니아 시스템을 사용하는 모든 사람들에게 다음과 같은 목소리가 들려왔다.

[특별 퀘스트다, 그리고 월드 퀘스트지. 아는 사람은 이미 알아차렸겠지만 마계의 악마들이 물질계로 기어 올라왔다. 어차피 그 놈들은 너희들을 노리고 있으니 당연히 싸워야 하겠지만, 특별히 주인님께서 너희들에게 그 놈들의 척살을 퀘스트로 부여하라 하셨다. 자세한 내용은 시스템의 퀘스트 창을 확인하도록 해. 그럼 건투를 빈다.]

퀘스트 창의 내용은 유리엘이 말한 것과 크게 다르지 않았다. 악마의 등급별 지급 카르마 포인트가 있었고, 1등한 자에게는 특별한 무구가 수여된다는 내용까지 퀘스트 창에는 명시가 되어 있었다.

✣

악마의 등장은 마물의 등장과는 또 다른 충격을 세상에 주었다. 지금까지 마물은 그 등장이 오래전부터 이어져오고 있었지만, 이능력자들의 노력 덕분에 일반세상에 큰 피해를 주지는 않았었다.

더군다나 유리엘이 만든 웜홀 탐색기가 세상에 전파되고 난 이후로는 마물의 등장을 예측할 수 있어 사전적인 대응이 가능하여 마물로 인한 일반 세상에 대한 피해는 거의 없다고 해도 좋을 정도였다.

반면 악마의 등장은 너무도 갑작스러웠다. 초반의 피해 이후 제니아 시스템에서 드러난 악마에 대해서 탐색기를 만들어 제공하였지만, 악마의 수는 너무 많았다.

그리고 결정적으로 대다수의 마물이 마나충돌의 고통 때문에 이성을 찾지 못하는 것과는 달리, 마나충돌이 없어 악마는 이성적으로 판단할 수 있었다.

그래서 인간들을 사냥하다가 헌터들이 등장하여 자신이

불리하다 싶을 때에는 적극적으로 도망치기도 하였다.

그 결과 악마가 등장한지 수개월이 지났음에도 아직 상당수의 악마가 지구상에 남아있었고 이 악마들로 인한 누적 피해도 인명 손실만 1000만명에 육박하고 있었다.

인명 손실이 컸던 이유는 악마는 이능력자만 공격 대상으로 하는 것이 아니라 일반인들도 공격대상에 놓고 있었기 때문이었다.

80억 지구인 중에서 천만명이면 비율상으로 보면 그리 많지 않다 할 수 있지만, 이 정도 규모의 사망자가 나는 것은 과거 세계대전이나 세계적인 전염병을 제외하고는 있었던 것이 없었다.

지금처럼 문명화가 된 이후로는 더더욱 이런 전 세계적인 규모의 재앙이 벌어진 적이 없었기 때문에 현재 일반세계는 마물의 존재가 알려지고 이능이 전면에 등장하였던 시기보다도 더 혼란스러운 시기가 이어지고 있었다.

미국 애리조나에 있는 조그만 마을에도 이 혼란은 피해가지 않았다.

"12시 방향이다! 쫓아가!"

미국 군복을 입은 갈색머리의 30대 청년은 손목에 차고 있던 레이더를 확인하더니 이 주위에 있던 20대 청년들에게 지시를 내렸다.

"네! 분대장님!"

30대 청년이 상급자였는지, 대답을 마친 8명의 20대 청년들은 각자의 레이더를 확인하며 빠른 속도로 뛰어가기 시작했다.

악마 탐지 레이더는 웜홀 탐색기처럼 정확하였기에 군인들은 얼마 지나지 않아서 마을 주민들을 학살하던 악마를 만날 수 있었다.

군인들이 만난 악마는 마치 악어와 흡사한 모습이었는데, 결정적으로 악어와 다른 점은 6개의 다리를 가지고 있다는 점과 흉흉한 이빨을 가진 두 개의 머리를 가지고 있다는 점이 달랐다.

악어 형태의 악마를 확인한 분대장은 다시 한 번 빠르게 분대원들에게 지시를 내렸다.

"트윈헤드 크로커다일이다! 마물타입은 B타입, 전투대형은 L타입이다. 시작은 M25 마나라이플부터!"

분대장의 지시를 들은 분대원들은 각자 파지하고 있던 소총을 들어서 악마에게 갈겨대기 시작하였다.

타다다다다다~

하지만 10미터가 넘는 거대한 체구를 가진 트윈헤드 크로커다일은 군인들의 총격에도 그다지 타격은 없는 것 같아 보였다.

다만, 신경은 거슬렸는지 지금까지 군인들의 등장에도 아랑곳 않고 이리저리 도망치는 마을 주민들을 먹어 삼키던 것을 그만두고 몸을 돌려 군인들을 바라보았다.

검게 번들거리는 커다란 눈에 한 20대 병사는 겁에 질려 한걸음 물러났는데, 옆에서 고함소리가 들려왔다.

"잭! 정신 차려! 여기서 개죽음 당하고 싶은 거냐!"

옆에서 들려오는 목소리에 정신이 드는지 잭은 다시금 마나라이플을 부여잡고 그에게 외쳤다.

"아닙니다! 필슨 병장님!"

"그래! 넌 어차피 장거리 공격조니까 너무 걱정 하지 마!"

"네!"

잭과 필슨이 이야기를 나누는 동안 트윈헤드 크로커다일은 거구의 몸체를 완전히 군인 쪽으로 돌렸고, 그 모습에 분대장은 다시 지시를 내렸다.

"전투대형을 L2로 바꿔! 가드는 충격에 대비해!"

분대장은 이 악마를 상대한 것이 처음이 아닌 것처럼 자연스럽게 전투에 대한 지시를 하였다.

분대장의 지시를 받은 두 명의 20대 병사는 등에 지고 있던 1미터 정도의 방패를 꺼내어 분대원들의 앞에 섰다. 두 명 중의 한 명이 조금 전 잭에게 용기를 준 필슨이었다.

필슨과 또다른 가드가 꺼낸 방패 역시 평범한 방패는 아니었는지 마나가 주입되자, 방패는 푸르스름한 빛을 발하기 시작했다.

마나를 주입하는 필슨의 얼굴은 긴장감으로 굳어졌다. 무엇이 올 것인지 알고 있는 눈치였다. 그리고 얼마 지나지 않아 필슨이 기다렸던 것이 왔다.

콰앙~!

가드들의 전면에서 폭탄이 터진 듯한 소리가 났다. 트윈헤드 크로커다일이 갑작스러운 돌진을 하였던 것이었다.

별다른 준비동작도 없이 순식간에 돌진해왔지만, 이미 가드들로 준비를 해놓았기에 분대에 피해는 없었다. 역시 한 두 번 맞이한 상대가 아니었던 것이었다.

다만, 가드들은 이 충격에 의해서 한방에 전투 불능이 되어 버렸다. 그들이 가진 전 마나를 이 한 번의 공격을 막는데 모두 사용했던 것이었다.

가드들이 제자리에 무너지는 것을 뒤에 있던 다른 병사들이 빠르게 받아서 후방으로 빠졌고, 나머지 병사들은 각자의 무기를 들고 트윈헤드 크로커다일을 상대하기 시작하였다.

"이 녀석은 BA급이다. 무리하지 말고 길게 보고 공격해!"

분대원들에 지시를 하며 분대장 역시 1미터가 넘는 장검을 뽑아들고 검격을 날리기 시작했다.

닉 분대장은 아직 BC급이었으나 8명이나 되는 분대원들이 모두 C급 이상의 능력자였다. 그 혼자서 트윈헤드 크로커다일을 상대한다면 매우 힘들겠지만, 분대원들과 함께라면 충분히 척살이 가능한 상대였다.

"프리즈!"

후방 지원조 조장인 포스터의 목소리가 들려왔다. 포스터는 BE급의 빙결 능력자로 크로커다일을 완전히 얼리지는 못해도 간간히 그 움직임을 느리게 해주고 있어서 분대원들이 위기상황에 빠지는 것을 막아주고 있었다.

이번에도 찰리가 크로커다일의 두 머리 중 오른쪽 머리의 재빠른 움직임에 반응하지 못하고 공격을 당할 뻔 하였지만, 포스터의 빙결 능력에 덕분에 살아날 수 있었다.

"나이스! 포스터!"

닉 분대장은 포스터의 타이밍을 칭찬하며 크로커다일을 훌쩍 뛰어넘더니 샤이닝 소드를 휘둘렀다.

다른 분대원들과는 달리 밀도는 마나가 담겨 있는 닉의 샤이닝 소드는 어렵지 않게 크로커다일의 등을 잘라냈고, 잘린 부분이 좋지 않았는지 크로커다일은 고통에 몸부림치기 시작했다.

"쿠워어어!"

"다들 뒤로 물러서!"

트윈헤드 크로커다일의 움직임에 닉은 서둘러 분대원들에게 외쳤고, 그 소리를 들은 분대원들은 다들 전장에서 십미터 이상 물러났다.

하지만 근접 공격을 하고 있던 두 명의 분대원은 닉의 말에도 미처 뒤로 물러나지 못했는데, 그 순간 뜨거운 화염의 숨결이 크로커다일의 양 입에서 뿜어져 나왔다.

화르르륵~

"으아악!"

"크아악!"

크로커다일의 화염은 두 명의 군인을 삼켜버렸고, 두 명은 각각 한 마디 씩의 단말마만 남긴 채 숯덩이로 변해버렸다.

"엘빈!"

"로스!"

희생자들의 이름을 외친 군인들은 더 이상 트윈헤드 크로커다일을 상대하는 것에 거리낌이 없었다. 지금까지도 망설이며 공격한 것은 아니었지만, 장기전으로 보면서 공격과 방어를 하였었다.

하지만 동료를 잃은 지금은 장기전이라는 생각보다는 어떻게든 저 악마를 처리하고자 군인들은 자신들의 마나를 아끼지 않은 채 적극적인 공세를 가하였고, 결국 닉 분대장이 가진 라이언 로어의 검식아래 트윈헤드 크로커다일의 두 목이 모두 떨어졌다.

"고생했다. 엘빈과 로스의 시신을 수습하고 본부에 연락하여 후속조치를 부탁해라."

닉은 통신병을 겸하고 있는 분대원 알버트에게 지시를 내렸고, 알버트는 지체 없이 본부에 상황을 보고하였다.

악마는 잡았지만 두 명의 분대원이 희생되었다는 사실에 닉은 깊은 한숨을 내쉬면서 자신의 검을 갈무리하였다.

6장. 통일

NEO MODERN FANTASY STORY & ADVENTURE

현세귀환록

6장. 통일

애리조나 뿐만이 아니라 미 전역, 아니 세계 전역에서 이렇게 악마와의 전쟁이 벌어지고 있었다.

덕분에 지금 세계 각국은 거의 대부분 전시상태를 방불케 하였고, 정치, 경제, 문화 등 사회 시스템의 대부분이 마비라 할 수 있었다.

그 중에서 한국은 조금, 아니 많이 상황이 달랐다. 사회적인 혼란은 타국에 못지않게 심한 상황이었는데, 그 혼란의 이유가 타국과는 다른 이유였기 때문이었다.

한국은 지금 악마로 인한 피해는 거의 없었다. 최초 악마가 등장하였을 때에는 다소 피해가 있었으나 1차적으로 악마들을 소탕한 이후로는 한국에서 악마의 자취는 전라

남도 해남쪽의 일부와 제주도를 제외하고는 거의 보이지 않았다.

그렇기에 타국에 비해 이렇게 좋은 상황에서 한국이 혼란스러운 이유는 악마 때문이 아니었다. 그 이유는 다름 아닌 북한 때문이었다. 정확히 말하면 북한 지도부의 붕괴 때문이었다.

몇 달 전 악마들이 처음 등장했을 때, 북한의 지도부는 자신들이 자랑하던 대마물 부대를 사용해보지도 못하고 괴멸당하고 말았다.

그것은 그들의 반란을 우려한 나머지 지도부에는 소수의 인원만을 편성해놓았을 뿐 대부분의 인력은 평양의 외각에 자리하게 했기 때문이었다.

그래서 악마의 등장을 확인한 후 대마물부대가 북한의 지도부를 구하러왔을 때에는 이미 그들은 악마의 먹이가 되고 말았다. 이후의 상황은 자명하였다.

최상위 지도부가 궤멸 당하였기 때문에 그 밑에 자리하고 있던 고만고만하던 권력자들의 아귀다툼이 시작되었다. 내전이 벌어진 것이었다.

북한의 이런 상황은 당연히 한국에도 영향을 미쳤다. 북한의 상황에 대한 한국의 대응에 대해서 갑론을박이 오고 갔던 것이었다.

사실 지금까지는 한국정부는 북한의 지도부가 궤멸되는

상황이 벌어지면 중국이 개입할 것을 가장 우려하고 있었다.

하지만 지금 중국은 북한에 신경을 쓸 수 있는 상황이 아니었다. 중국 내부의 악마조차 다 처리하지 못해서 수많은 민간인 피해가 발생하고 있었기 때문이었다.

반면 악마에 의한 피해가 거의 없는 한국은 판단을 할 여지가 있었다. 그리고 대통령의 결정으로 전격적으로 정전협정을 백지화 하고 휴전선을 넘었다.

민족주의자인 윤강민 대통령의 결단이었다. 이번 기회를 놓치면 통일을 이루기란 요원할 것이라는 판단 하에 윤강민 대통령은 정치적인 부담을 무릅쓰고 무력을 통한 강제 흡수 통일에 나선 것이었다.

많은 사람들이 대통령의 결단을 칭찬하였고, 또 많은 사람들이 대통령의 결단을 비난하였다. 하지만 윤강민 대통령은 모든 십자가는 자기가 진다는 생각을 하며 갖은 비난에도 흔들리지 않고 묵묵히 통일 전쟁을 지시하였다.

내전 상황인 북한은 당연히 한국의 공격에 속수무책이었다. 전쟁 초기에 특수작전부대를 이용하여 북한의 핵시설과 생화학무기시설, 장거리 미사일 시설을 점거하여, 북한이 동귀어진 식의 대량살상무기를 사용할 가능성을 차단하였다.

이후 국군은 하늘을 장악하여 육상병력의 손실 없이, 북한군의 주력 군벌들을 파괴시켜 나갔다. 동시에 북한 주민들에게는 풍부한 식량을 제공해주어 한국에 대한 적대감을 최소화 시켜주는 전략을 펼쳤다.

결국 전쟁을 시작한지 일주일도 채 되지 않아서 북한의 전역을 한국의 군대가 장악해버렸다. 사실 승부는 북침 결정 후 몇 시간만에 나버렸지만, 육상의 주력들을 괴멸하고 민간인과 섞여있는 군인들을 색출하는 것에 시간이 더 걸렸다 할 수 있었다.

이때까지도 중국에서는 전혀 간섭을 하지 못했다. 한국 정부에서는 그 이유를 중국 내 악마 때문으로만 알고 있었지만 또 다른 이유도 있었다.

강민이 유니온을 통해서 타국에서 개입하지 못하도록 지시하였던 것이었다. 그 때문에 중국에서는 아무런 개입을 하지 못하였고, 미국에서도 한국의 행동에 대해서 별다른 언급 조차 하지 못하였다.

결과적으로 한국의 통일은 큰 희생 없이 마무리 되었다. 한국군 측의 사망자는 두 자리 수 정도에 그쳤고 부상자도 세 자리 수에 그쳐, 적은 희생은 아니지만 통일 전쟁을 수행한 것 치고는 거의 피해가 없었다고 할 수 있었다.

물론 북한군의 피해는 수십만에 헤아릴 정도로 막대하였다. 하지만 그 피해의 대부분은 자기들 간에 벌어진 내

전 때문이었고, 한국군과의 전투에서 벌어진 희생은 총 사망자 수의 10%도 채 되지 않았다.

어쨌든 통일 전쟁은 그렇게 마무리 되었고, 이제 대한민국은 한반도 전체를 아우르는 단일국가로 거듭나게 되었다.

물론 통일이 되었다고 모든 것이 끝난 것은 아니었다. 내전으로 인해서 반쯤 폐허가 된 북한의 재건 비용 및 북한 주민들에 대한 인도적인 지원 등 막대한 통일 비용이 들어가게 될 것이었다.

그렇다고 하더라도 반세기가 훌쩍 넘도록 기다려온 통일이었다. 준비되지 않은 갑작스러운 통일에 적지 않은 비판세력이 있음에도 불구하고, 국민의 대다수는 이런 통일 자체에 대해서 환영의 뜻을 밝혔다.

오늘도 방송에서는 앞으로 통일 한국의 상황에 대한 예측 보도들이 쏟아져 나왔는데, 방송을 한참 보고 있던 강민은 반복되는 보도가 지겨웠는지 TV에서 눈을 돌리며 옆에 있던 유리엘에게 말을 건넸다.

"저렇게 부정적으로만 보이는 건가?"

지금 방송의 논조는 대부분 섣부른 통일에 대한 우려의 시각이 높았다. 준비가 잘 되었던 독일조차 통일 후에 많은 문제가 발생하였는데, 제대로 된 준비가 없었던 우리나라는 더 큰 문제가 발생할 것이라는 식의 논리였다.

"뭐 그리 틀린 말만을 하는 것은 아닌데요. 통일은 분명 지금 한국사회에는 커다란 리스크가 될 것임은 분명하죠."

유리엘의 말처럼 방송의 논조는 사실 어느 정도는 맞는 부분도 있었다. 현재 통일이 되었음에도 불구하고 지금 북한 지역은 일반인들이 방문할 수 있는 지역은 아니었다.

만일의 사태에 대비하여 한국군대가 북한 전역을 장악하고 있었고, 현재는 인도적인 차원의 식량지급만 군대를 통해서 이루어지고 있는 상태였다.

하지만 이것은 임시방편이었고 완전한 통일을 위해서는 북한과 남한을 어느 정도는 비슷한 수준으로 끌어올려야 할 텐데, 그러기 위해서는 가히 천문학적인 비용이 투입되어야 할 것이었다.

"그렇다 치더라도 방송의 논조가 너무 일방적이란 말이야. 단기적으로는 혼란스러운 상황이 벌어질지 몰라도 장기적으로 보았을 때는 분명 긍정적인 부분도 있을텐데, 지금은 너무 일방적으로 부정적인 보도만을 하는 것이 문제란 것이지."

강민의 말처럼 일반 국민들의 감정과는 대조적으로 방송의 논조가 일방적인 경향은 있었다. 특히, 긍정적인 보도가 없어도 너무 없었다. 뭔가가 있는 것처럼 보였다.

"흐음. 그럼 한번 알아볼까요?"

現世　7
歸還錄

"그래, 궁금하네. 한번 봐줘."

강민의 의문에 유리엘이 별 것 아니라는 식으로 말을 하였고 그녀는 곧장 마나위성을 움직여서 상황을 파악하였다.

마나위성의 관제인격은 제니아였지만, 굳이 제니아를 통하지 않더라도 마나위성의 주인인 유리엘은 그것을 직접 움직여서 사용할 수 있었다.

잠시간의 시간이 지나자, 유리엘은 상황을 파악했는지 빙그레 웃으며 강민의 궁금증을 풀어주기 시작했다.

"윤강민 대통령, 생각보다 유능한가 봐요."

"무슨 소리야?"

"전부다 대통령의 의도네요."

유리엘이 대통령의 의도라는 말만 하였는데, 강민은 이해한 듯 고개를 끄덕이며 말했다.

"대통령의 의도라… 그럼 윤 대통령이 벌써 방송을 장악했다는 말이군."

"네, 취임한지 그리 오래 되지도 않았는데 벌써 언론을 다 장악하였네요. 지금 대통령의 의중이 반영되어서 신문과 방송에서 저런 논조를 펼치는 것이네요."

"흐음… 대통령이 의도했다면 분명 통일 대책 자금 조달에 대한 이야기가 나오겠군. 특히, 부유층에게 말이야."

"그렇겠지요."

지금 윤강민 대통령은 밑밥을 던지고 있는 것이었다. 통일을 해서 힘들다. 그리고 앞으로도 힘들 것이다. 북한을 어느 정도 수준까지 올려야지 통일의 효과가 있을 것인데, 그렇게 하기 위해서는 막대한 비용이 든다.

이런 논리의 방송을 지속적으로 해서 국민들이 통일에 대한 비용이 발생한다는 것을 인식시키고 있는 것이었다.

그리고 그 마지막은 비용을 충당하기 위한 방법론으로 귀결 될 가능성이 높았다. 그리고 윤강민 대통령의 성향상 그 칼날은 부유층이 될 것임이 자명하였다.

유리엘이 대통령이 유능하다고 말하는 것은 이런 상황이 감안 된 결과였다.

그런 둘의 추측이 맞다는 것을 보여주기라도 하는 듯 여전히 흘러나오고 있는 방송에서 긴급속보라는 문구와 함께 대통령의 대국민담화 발표라는 자막이 나오기 시작했다.

그리고 얼마 지나지 않아서 정규방송은 중단되고, 대통령이 단상에 서 있는 모습이 나타났다.

다소 긴장한 듯한 윤강민 대통령은 굳은 표정을 하고 천천히 담화문을 읽어나가기 시작했다.

[존경하는 국민 여러분. 우리 국민은 최근 치른 총선과 대선에서 위대한 선택을 하셨습니다. 지금까지 이어져왔

던 구태 정치를 청산하고 새로운 정치를 할 수 있는 기틀을 만들어주셨습니다. 이에 저는 국민 여러분의 열망을 적극 반영하여 새로운 정치를 해왔다고 자부합니다.]

서두를 시작한 대통령은 잠시 카메라를 직시하며 눈을 빛내더니 말을 이었다.

[현재 우리나라는 크나큰 갈림길에 서 있습니다. 드디어 우리 한민족이 통일을 하여 하나의 나라를 이루게 되었지만, 이 통일은 기회인 동시에 큰 위기이기도 합니다. 기회를 잡는다면 반만년의 장구한 세월동안 이어온 우리나라가 또 다른 반만년을 아니 그 이상을 승승장구 할 수 있을 것이지만, 위기에 빠진다면 간다면 지금까지 보내온 반만년이 무색하게 힘든 세월을 보낼지도 모릅니다. 우리가 가야 하는 길은 자명 할 것입니다. 당연히 우리나라가 승승장구할 수 있는 기회를 집는 길이겠지요. 그리로 가려고 한다면 우리 국민 여러분들의 도움이 절실히 필요할 것입니다.]

여기까지 말한 윤강민 대통령은 한 번의 침묵을 가졌다. 사람들의 시선을 끌어 모으기 위해서였다.

[존경하는 국민여러분. 우리가 원하는 길을 가기 위해서는 우리 모두의 희생이 필수불가결할 것입니다. 우리 모두가 조금씩 허리를 졸라매어 고통을 분담해야 할 것입니다. 사업자는 사업자대로, 노동자는 노동자대로, 공무원은 공

무원대로 각자의 자리에서 조금씩 고통을 나누어 가져야 할 것입니다. 그리고 그렇게 나눈 고통의 결과로 북한의 재건을 위한 통일 대책기금을 조성하겠습니다.]

점점 심각한 내용이 이어지면서 표정이 굳어가는 윤강민 대통령은 결단력 있는 목소리로 다시 말을 이었다.

[노블리스 오블리제라고 하였습니다. 사회적 지도층들은 당연히 지금까지 누린 권리에 걸맞는 책임을 져야 할 것입니다. 솔선수범의 의미에서 저부터 모든 월급을 그리고 제 재산의 절반 이상을 반납하여 통일대책기금으로 편입시키겠습니다.]

대통령이 말하는 의미는 분명하였다. 노블리스 오블리제를 외치며 부유층의 적극적인 참여를 말하는 것이었다.

대통령이 대국민 담화에서 이렇게까지 말하였는데, 만일 통일대책기금에 불성실하게 참여하는 재벌들은 대통령의 성향 상 알게 모르게 패널티를 줄 것이 분명하였다.

그리고 아직 대통령의 말은 끝나지 않았다.

[물론 일방적인 희생을 말하는 것은 아닙니다. 통일대책기금 조성에 우수하게 참여하는 기업들을 적극 선발하여 향후 있을 북한 재건 사업에 참여할 수 있는 우선권을 제공할 것입니다. 지금은 전후처리만을 하기에도 급급한 북한의 사정이지만, 과거 개성, 평양이 우리나라에서 지

녔던 가치를 생각한다면 향후 북한 재건사업의 우선권을 지닌다는 것이 얼마나 중요한 것인지도 알 수 있을 것입니다.]

윤강민 대통령은 채찍과 함께 당근을 들었다. 북한 재건사업에 대한 우선권은 생각보다 큰 권리였다. 엄청난 기회가 될 수 있는 그런 권한을 기금조성과 연동해서 준다는 것은 분명 기업들에게는 당근이 될 수 있을 것이었다.

이 밖에도 대통령의 담화는 한참동안 이어졌다. 통일이 되었기에 군비를 축소한다는 이야기도 하였고, 앞으로의 주요 정책사항에 대한 이야기들도 하였다. 그리고 대통령 담화의 마지막은 다음과 같았다.

[…다른 나라는 지금 어디서 나타난 지도 모르는 악마의 공격으로 정치, 경제, 사회, 문화 전반적으로 마비 상태에 있습니다. 하지만 우리나라는 처음의 공격을 제외하고는 어떠한 악마도 나타나지 않고 있는 상황입니다. 다른 나라에서는 이런 우리나라를 부러워하며 신의 축복을 받은 나라라고 합니다. 존경하는 국민 여러분, 하늘은 스스로 돕는 자를 돕는다고 합니다. 우리가 스스로 노력하니 이렇게 신이 우리나라를 돕고 있습니다. 단언컨대 우리나라는 위대한 나라, 그리고 우리국민은 위대한 국민입니다. 앞으로도 국민여러분들의 많은 지지를 부탁드립니다. 감사합니다.]

마지막 말은 조금은 낯 뜨거운 말이었지만, 실제로 한국에는 악마들이 나타나지 않고 있어 많은 사람들은 신의 축복이 있다고 말하고 있기도 하였다.

　그런 대통령의 마지막 말을 들은 강민이 유리엘에게 장난스럽게 말하였다.

　"유리가 신인가 봐. 하하하."

　"신같이 귀찮은 걸 왜 하겠어요? 호호호."

　지금 한국에서 악마가 나타나지 않는 이유는 유리엘이 펼친 척마진(斥魔陳) 때문이었다.

　그렇기에 지금 대통령이 신의 축복이라 말하는 것에 빗대어 강민은 유리엘에게 신이라는 식의 농담은 한 것이었다.

　최초에 악마가 발생하였을 때, 경기도에 있는 드림시티도 그 악마로 인하여 피해를 보았다.

　자체 방어 결계가 있었기 때문에 드림시티가 직접 피해 대상이 된 것은 아니었지만, 드림시티 결계 밖의 인근 마을에 나들이 갔던 세 명의 중학생들이 악마에 의해서 피살을 당했던 것이었다.

　물론 그 악마는 얼마 지나지 않아서 드림시티 안에 있던 백록원의 문도들에 의해서 곧바로 척살이 되었지만, 이미 죽은 세 명의 목숨은 어쩔 수가 없었다.

　전 세계적으로 난리가 난 상황에서 세 명의 목숨은 크다 할 수 없었지만, 학생들 하나하나에 애정을 갖고 있던 강서영의 충격은 꽤나 컸다.

그래서 다른 사람에게 좀처럼 부탁 같은 것을 하지 않는 강서영이었지만, 드림시티 학생들의 죽음에 눈물을 글썽거리며 유리엘에게 부탁을 하였다. 드림 시티 인근에서 악마가 나타나지 않게 해달라고 말이다.

보통의 마법사라면 수 킬로미터에 이르는 결계만 펼친다고 해도 큰 무리가 될 수 있겠지만, 유리엘은 보통의 마법사가 아니었다.

울먹이는 강서영의 부탁을 들은 유리엘은 당연히 그녀의 부탁을 들어주었다. 그 부탁의 결과가 드림시티를 중심으로 반경 400킬로미터에 펼친 척마진이었다.

악마와 상극의 기운을 가진 척마진은 악마를 쫓기 위해서 만들어진 결계의 일종이었다. 이 척마진의 기능은 단순하였다. 진 안에 들어온 악마들 중 약한 악마는 그대로 물질계에서 소멸시켜 마계로 강제 추방 시켜 버렸고, 강한 악마는 그 기운 때문에 어떻게든 척마진을 벗어나기 위해서 발버둥을 치도록 만들었다.

현재 유리엘이 펼친 범위를 벗어나는 곳은 남한 쪽에는 전라도 해남의 일부와 제주도, 북한 쪽에서는 백두산을 포함한 인근의 양강도와 함경북도 정도였다. 거의 한반도 전역이라 할 수 있는 상황이었다.

악마가 나타나고 있는 일부 지역은 마물을 상대하는 특수 부대인 사신(四神)부대에서 적극적으로 악마를 상대하고 있었는데, 타국에 비해서는 매우 좁은 지역이라 그리 어려움 없이 악마를 퇴치하고 있는 중이었다.

그렇게 강민과 유리엘은 조금 전 있었던 대통령의 대국민 담화에 대해서 이야기를 나누는 동안, 비서실에서 연락이 왔다. 장태성 실장이 보고를 위해서 대기 중이라는 연락이었다.

필요하다면 하루에도 몇 번씩 회장실을 방문하는 장태성 실장이기에 통상적인 보고 일 것이라 생각하고 그를 들였는데, 장태성 실장의 표정이 일상적인 보고인 것 같지는 않았다. 아니나 다를까 장태성은 다소 다급한 목소리로 강민을 불렀다.

"회장님!"

"무슨 일인가요, 장실장님?"

"백산그룹의 백회장이 자신이 가진 재산의 절반을 통일 대책기금으로 출연한다고 합니다!"

뼛속까지 민족주의자인 백무산 회장은 대체로 윤강민 대통령과 비슷한 성향을 가지고 있었다. 그런 것을 보여주기나 하는 듯 과거 윤강민 대통령이 대통령 선거에 출마했을 때에도 백무산 회장은 적극적으로 윤강민 후보를 지지하며 그가 대통령에 당선되도록 도왔던 전례가 있었다.

이번에도 윤강민 대통령의 담화가 끝나기가 무섭게 그의 정책을 지지한다는 의사표명을 그가 가진 재산의 절반을 내놓으면서 하고 있는 것이었다.

현재 백산은 무제한적인 물량공세를 펼치는 강민의 KM그룹에 밀려서 국내 2위의 재벌이 되었지만, 역사와 전통을 따지면 KM그룹보다 훨씬 큰 영향력을 재계에 발휘할 수 있는 기업이었다.

더군다나 유현승 회장이 갑자기 비명횡사한 뒤, 사분오열된 현승그룹의 계열사 일부도 매수하여 합병하였기에 그 덩치는 과거보다 훨씬 더 커진 상황이었다.

그 기업의 총수인 백무산 회장이 이렇게 한다는 것은 다른 재벌 그룹들에게 상당한 압박으로 돌아올 것이 자명한 사실이었다.

"자녀에게 넘어간 것을 제외한다면, 지금 백회장의 개인 재산은 드러난 것만 따지면 대략 30조원정도 되지 않나요?"

이미 개괄적인 재벌가들의 소유구조나 재산상황에 대해서는 다 파악한 상태이기 때문에 강민의 물음에는 거침이 없었다.

"그렇습니다. 백회장은 다른 재벌들에 비해서 불법적인 증여를 한 부분이 없어서 자녀들에게 넘어간 부분은 그리 크지 않습니다."

다른 재벌들은 이미 경영권의 승계 등을 위하여 불법적인 탈법적인 증여를 통해 상당 부분의 재산을 자식들에게 물려주었지만, 백산의 백회장은 달랐다.

자신의 사후에 정상적인 방법으로 상속세를 내어 사업을 승계해줄 생각으로 일체의 불법적인 증여를 진행하지 않은 상태였다. 스스로 떳떳하다고 자부하는 백회장 다운 선택이었다.

"그런데 백회장의 재산 대부분은 백산그룹의 주식이지 않습니까? 이렇게 일시에 처분한다면 경영권의 유지에도 문제가 되지 싶은데요?"

강민의 지적은 타당하였다. 취지야 좋지만 일시적으로 지배주주의 지분을 대거 매도해 버린다면 경영권 자체가 흔들릴 가능성이 있었다.

하지만 그런 상황을 생각하지 않고 백산에서 일을 진행했을 리가 없었다. 당연하게도 그 대책에 대해서 장태성 실장이 대답하였다.

"그 부분은 별도의 재단을 설립하여 그 수익금과 배당금을 기금으로 편입하는 식으로 처리한다고 합니다."

"흠… 백산에서 머리를 썼군요."

"그렇습니다. 그 방법이라면 명분과 실리를 다 잡을 수 있을 것 같습니다. 잘만 풀어간다면 그 재단을 통해서 차기 경영권 승계까지 해결할 수 있겠지요. 표면적인 재산이야 줄어들겠지만, 충분히 실리를 가질 수 있는 일일 것입니다."

재단을 설립하여 수익금과 배당금을 납부한다면 재산권의 행사에는 제약이 있을지 몰라도, 재단만 장악하고 있으면 경영권의 유지에는 큰 어려움이 없을 것이었다.

이를 통해서 경영권을 자연스럽게 물려줄 수 있을 것이라는 장태성 실장의 판단이었다.

"다른 재벌사들은 어찌한다던가요?"

"너무 갑작스러운 일이라 각자 내부 논의를 해봐야겠지만, 대통령의 의중이 분명하고 백산에서 저리나오니 최소한의 성의 이상은 표현해야하지 않을까 고민 중인 것으로 알고 있습니다."

"그렇다면 지금 장실장님은 우리 그룹의 대응에 대해서 방침을 받으러 오신 것이군요?"

"네, 그렇습니다. 회장님."

장태성 실장이 그룹 내 대부분의 사안을 자의적으로 처리할 권한이 있다고 하지만, 이런 문제는 그가 판단할 영역의 문제가 아니었다. 당연히 강민의 지시를 받아서 이행하여 할 사안이기 때문에 이렇게 헐레벌떡 회장실로 온 것이었다.

사실 외부에는 강민의 재산 대부분이 KM 재단에 묶여 있다고 알려져 있었다. 하지만 장태성 실장은 그게 아님을 알고 있었기에 확실한 지시를 받기를 원하였다.

"그럼 지금 백산에서는 15조원 규모의 재단을 설립하는 것이군요."

"그렇습니다."

"좋습니다. 그럼 우리는 그 두 배를 출연하는 것으로 하지요."

"두… 두 배라면… 30조원 말입니까?!"

표면적으로 알려진 강민의 추정 재산은 대략 50조원 정도 되었다. 하지만 강민은 최초 유니온과의 황금 거래를 통해서 이미 100조원의 현금을 보유하고 있었다.

물론 초기 KM 그룹을 만드느라 그 돈의 상당부분을 사용하였지만, 몇 년간의 KM 그룹 운영을 통해서 다시 그 정도의 현금은 확보하고 있었다.

즉, 남은 황금이나 귀금속들을 제외하고도 즉시 동원 가능한 현금이 100조원이라는 이야기였다. 그 중 30조면 적은 비율은 아니지만 충분히 감내할만한 수준이었다.

하지만 장태성 실장은 강민의 재산을 표면적으로 알려진 재산인 50조원 정도로 알고 있었기에 그 놀라움이 클 수밖에 없었다.

백산에서 50%의 재산출연을 한 것도 엄청난 금액이라 세상이 놀라고 있었는데, 훨씬 부자인 강민이 60%의 재산을 출연한다고 하면 그 놀라움은 배가 될 것이었다.

"그래요. 30조원. 물론 우리도 백산과 같은 방식으로 하면 되겠지요. KM 재단 산하에 통일 대책기금 파트를 마련하는 식으로 말입니다. 아. 물론 백산과는 달리 저는 KM의 주식에 손대지 않고, 제 사재를 출연하는 방식으로 하지요."

"그…. 그 정도로 동원 가능한 자금이 많이 있었습니까?"

"말씀드리지 않았던가요? 사업을 하는데 자금적인 문제가 있으면 언제든지 말을 해라고 말이죠."

"그… 그렇긴 하지만…."

실제로 강민은 장태성에게 그런 이야기를 하였었다. 그래서 장태성도 신규사업의 참여에 적극적으로 나섰고 일부 실패했던 결정도 있었지만 많은 투자가 성공하여 지금 KM그룹은 국내 1위, 세계적으로도 명망 있는 거대 회사로 성장했던 것이었다.

하지만 아직도 이렇게나 많은 자금이 놀고 있을 것이라고는 생각하지는 못했기에 장태성은 놀랄 수밖에 없었다.

"어쨌든 그렇게 알고 준비해주세요. 그래도 1위 기업인데, 2위 기업보다 적게 투자할 수는 없겠지요. 어차피 기금 조성에 도움을 주는 만큼 재건사업에 우선권을 준다고 공식적으로 천명하였으니 우리도 과감하게 해봅시다."

지금 북한은 내전과 통일 전쟁으로 반쯤 폐허에 가까울 정도로 황폐한 상태였다. 하지만 몇 년의 시간만 지나도 북한 자체가 엄청난 기회의 땅이 될 수 있을 것이었다.

이 기회를 제대로 살린다면 국내 1위를 넘어서 세계적으로도 손꼽히는 초거대 기업으로 성장이 가능할 수도 있었다.

강민이 또 한번 엄청난 자금을 지원하여 준다고 언급하자, 장태성 실장은 다시금 의욕에 타오르는 눈빛을 하고 힘차게 대답하였다.

"네! 회장님!"

그렇게 장태성 실장이 나가고 나자, 유리엘은 강민에게 한 가지 질문을 던졌다.

"슬슬 악마들을 정리해야하지 않겠어요? 이제는 어느 정도 안정권에 들었잖아요."

단도직입적인 유리엘의 질문에 강민은 잠시 생각하다 그녀에게 대답하였다.

"음…. 그렇긴 하지만 아직 좀 부족한 것 같지 않아? 지금 제대로 대응체계를 마련해 놓아야 나중에 피해를 줄일 수 있을 것 같은데 말이야."

강민과 악마들을 조기에 퇴치할 수도 있었지만 지금까지 놓아둔 것은 향후에 있을 마나장 통합을 대비한 훈련적인 성격이 강하였다.

물론 훈련이라 하기에는 너무도 많은 희생이 동반되었다는 문제가 있지만, 그런 희생도 나중에 마나장 통합 때를 가정해보면 정말 얼마 되지 않을 희생이었다.

십만년 가까이의 삶을 보낸 강민과 유리엘도 차원의 통합은 몇 차례 보지 못한 희귀한 일이었다. 그래서 차원 통합에 대한 경험적 데이터는 적은 편이지만 몇 가지 분명한 점은 있었다.

그 중의 하나가 차원 통합의 전조인 마나장 통합이 일어나면 일시적으로 웜홀의 폭주가 발생한다는 것이었다.

그것은 마나의 성질이 동일하게 되어버린 두 차원간의 마나 밀도를 맞추기 위한 자연스러운 흐름인데, 지금까지 상황을 보면 마나 밀도가 낮은 지구 쪽으로 통합될 차원의 마물들이 쏟아져 들어올 가능성이 높았다. 아니 확실하였다.

지금도 거의 모든 웜홀이 타차원에서 지구를 향해서 발생하였지, 지구에서 타차원으로 가는 웜홀은 극히 드물게 발견되고 있는 상황이었다.

이것은 지구의 마나 밀도가 통합될 차원에 비해서 상대적으로 상당히 낮다는 것을 의미하고 있었다.

이런 상황에서 마나장의 통합이 일어난다면, 지금까지

웜홀의 수백 수천배가 넘는 웜홀이 일시적으로 폭발하듯이 발생하여 마물들이 쏟아져 나올 것이 자명하였다.

물론 웜홀의 폭주는 계속해서 지속되는 것은 아니었다. 저수지의 물이 터지면 한순간은 엄청난 양의 물이 쏟아져 나오지만 고여 있던 물이 다 쏟아지고 나면, 그 뒤로는 천천히 물이 흘러나오듯이 웜홀의 폭주는 한순간만 발생할 가능성이 높았다.

하지만 그것만으로도 지구에게는 엄청난 위협이었다. 어쩌면 이 웜홀의 폭주를 견디지 못하고 인류의 대부분이 사멸해 버릴 가능성도 있었다.

더군다나 마나장 통합이 일어났기 때문에 마물들에게는 더 이상 마나 충돌 또한 없었다. 즉, 지금까지는 시일이 지나면 알아서 소멸했던 마물들이 이제는 그 수명대로 살아남는 다는 이야기였다. 여러모로 악재인 상황들이 겹친다는 이야기였다.

이 상황을 이미 예상했던 강민과 유리엘은 지금 악마의 창궐을 나중에 있을 웜홀의 폭주를 대비하는 훈련정도로 받아들이고 있었다.

나중에 웜홀의 폭주가 일어나더라도 지금 악마를 상대했던 경험을 토대로 체계적으로 외부의 침략에 대항할 수 있도록 하려고 하는 것이었다.

그런 이유가 있기 때문에 악마들의 등장에 따라 마나장

통합의 시기가 단축되고 있음에도 이들을 적극적으로 제지하지 않고 있는 것이었다.

유리엘은 강민이 악마를 정리하자는 말에 다소 부정적으로 반응하자 다시 한 번 말을 건넸다.

"그렇지만 아직 성장 가능한 이능력자들이 이 사건으로 너무 많이 희생되어 버리면 나중에 더 문제가 될 수 있지 않을까요?"

천만명의 희생은 인류 전체로 보아 큰 숫자는 아니지만, 그 중 이능력자들의 희생비율만 따지면 전체 이능력자의 수에 비해서 그 비율이 너무 컸다.

만일 희생된 이능력자들이 성장의 한계에 도달한 자들이라면 모르겠지만 대부분의 사망자들은 성장의 가능성이 아직도 많이 남아 있는 자들이었다.

일반인들도 제니아 시스템 덕에 이능력자로 성장할 수 있는 길이 얼마든지 열려있긴 하였지만, 그 성장속도는 이미 이능력자가 된 사람들에 비해서는 당연히 느릴 수밖에 없었다.

지금 유리엘은 그 점을 지적하고 있는 것이었다.

"그렇긴 하지. 유리, 그럼 고위 악마들은 다 찾은 거야?"

과거 악마가 처음 등장했을 때 마나 위성이 세부 스캔을 할 여력이 없어서 두고 본 측면이 강했는데, 유리엘이 이렇게까지 말하는 것을 보니 강민은 이 소동의 원흉인 고위 악마들을 찾았는지 반문하였다.

"아뇨. 아직 마나위성이 세부 스캔까지 할 여력은 없어서 놓아두고 있었어요. 그렇지만 더 이상 두고 보는 것보다 빨리 처리하는 것이 더 중요하다면 잠시 시스템을 중단하고라도 색출하는 것이 낫겠지요."

제니아 시스템은 이제 완전히 자리 잡았다고 할 수 있을 정도로 안정적으로 운영되고 있었지만, 아직도 마나 위성에 여유가 있는 상황은 아니었다.

시스템의 사용자인 유저들의 수준이 조금 더 올라가면 마나 위성의 마나를 사용할 필요가 없이 자체적인 마나의 수급으로 시스템을 운영할 수 있을 것이지만, 아직까지는 그 수준에는 도달하지 못하고 있었기 때문이었다.

유리엘의 대답에 잠시 생각을 하던 강민은 그녀에게 말했다.

"흠…… 이제 어느 정도 안정화 된 시스템을 그런 일로 중단할 것까진 없을 것 같아."

"그럼요?"

"나중에 있을 웜홀 폭주에 대비해서 훈련한다 생각하면 되니까 조금 더 기다려보자. 어차피 이런 난리를 피우는 것은 다 목적이 있어서 그런 것이니 시일이 지나면 이번 일의 핵심 악마들이 알아서 기어 나올 거야. 그 때 제대로

응징해버리면 되겠지."

"민의 생각이 그렇다면야… 알겠어요. 조금 더 기다려 보죠."

그리고 강민의 생각처럼 그 기다림은 그리 길지 않았다.

7장. 확전

NEO MODERN FANTASY STORY & ADVENTURE

현세귀환록

7장. 확전

"어떻게 된 것이냐! 왜 아직도 물질계를 장악하지 못하고 있는 것이냐!"

이형태의 몸을 하고 있는 아바투르는 화가 난 표정으로 전면에 부복하고 있는 세 명의 수하들을 다그쳤다.

수하들은 아바투르의 질책에도 할 말이 없는지 고개만 숙이고 아무런 대꾸를 하지 못하였다. 그런 수하들의 모습에 더 화가 난 아바투르는 이번에는 한 명 한 명 직접 지적하며 질책하기 시작했다.

"바스라! 말해보라! 도대체 뭐가 잘못된 것이냐!"

바스라라 불린 악마는 미남형 외모를 가진 악마로 외모만 보아서는 인간과 크게 다르지 않았다. 하지만 그의 등에 달려있는 용의 날개가 분명 그가 악마임을 보여주고 있었다.

이 바스라는 아바투르 휘하의 악마 중에서도 공작위에 있는 악마였다. 보통 마공작이라면 마계에서도 무소불위의 권력을 가진 높은 위치로 이런 질책을 받을 만한 자리는 아니었지만, 지금 그를 질책하는 자는 주군인 아바투르였다.

그렇기에 바스라가 아무리 마공작이라 하지만 감히 대거리를 할 수는 없었다. 어쨌든 거듭되는 아바투르의 질책에 마공작 바스라는 어쩔 수 없다는 표정을 지으며 입을 열었다.

"아무래도 제대로 된 숙주가 없이 바로 실체화 하는 것에 따른 손실률이 너무 컸던 것 같습니다."

마계에서 물질계로 소환될 때 가장 손실률을 낮출 수 있는 방식은 바로 이형태의 몸을 차지한 아바투르처럼 숙주에 깃드는 방식으로 소환 되는 것이었다.

물질계에 이미 존재하였던 육체를 사용한다면 자신의 신체를 물질계의 마나와 맞추는 과정이 필요 없게 되어 손실률을 최소화 할 수 있었다.

다만, 숙주가 가진 악기가 소환 대상이 되는 악마를 받아들일 수 있어야 한다는 제한이 있었는데, 그런 숙주를 찾는 것은 쉽지가 않았다.

그렇기에 대부분의 악마들은 소환의식을 통해서 바로 물질계로 강림하는 경우가 많았다. 지금 아바투르가 차지한 이형태의 경우가 매우 특이한 경우라 할 수 있었다.

따라서 아바투르를 제외한 다른 악마들은 아바투르가 진행한 소환의식에 따라 마계에서 사용하던 자신의 몸을 갖고 이곳으로 소환되었다.

그렇게 소환된 악마들은 당연히 마기로 이루어진 몸을 물질계의 마나와 적응 시키는 과정이 필요하였고 그 과정에서 막대한 마기의 손실이 있었다.

물론 다시 마계로 귀환한다면 마핵에 담겨있는 마기의 정수에 따라서 금세 다시 원래 수준의 마기를 찾을 수 있을 것이지만, 지금 물질계에서 활동하기 위해서는 마기의 손실을 감수할 수밖에 없었다.

이런 이유로 인하여 지금 바스라를 포함한 다른 악마들은 마계에서 능력의 반도 보이지 못하는 상황이었다.

그것도 아바투르가 직접 시전 한 소환의식이기에 반에 가까운 능력을 가져온 것이지, 보통의 소환술사가 시전 한 소환의식이라면 20%의 능력도 가져오기 힘들었을 것이었다.

그러나 아바투르는 바스라의 변명에도 진노를 거두지 않고 말했다.

"그건 고려가 된 사항 아니냐! 처음 소환되었을 때도 알

고 있었던 사항을 지금에 와서 꺼내는 이유가 뭐냐! 당시
에는 자신감 넘치는 모습이지 않았느냐!"

아바투르의 말처럼 바스라 등이 그런 사실을 모르고 있
었던 것이 아니었다. 그런 상황을 알고 있음에도 당시 소
환되었던 바스라는 자신감을 내비추었었고 아바투르는 그
런 바스라와 부하들을 믿고 있었던 것이었다.

계속되는 아바투르의 지적에 결국 바스라의 입에서 그
가 하기 싫었던 말이 나왔다.

"인간들의 수준이 생각보다 높습니다. 주군."

"뭐라?"

"인간들의 수준이 과거 이곳을 방문했던 악마들에게 들
었던 수준과는 천차만별입니다."

인간들이 한 소환의식에 의해서 악마는 종종 인간세상
을 방문하곤 하였다. 그 때마다 인간 세상에 많은 피해를
주기는 하였지만 그렇게 온 악마는 본신의 능력을 완전히
보이지는 못했기에, 그리 오랜 시간을 머물지 못하고 인간
세상의 능력자들에게 강제 귀환 되곤 하였다.

그렇지만 그런 과정을 통해서 마계의 악마들은 그런 악
마들로부터 인간세상의 정보를 구할 수 있었다. 물론 단편
적이기는 하였지만 그래도 상당한 수준의 정보를 획득하
고 있었다.

그리고 지금 악마들, 정확하게는 아바투르 휘하의 악마

들이 가지고 있는 가장 최신의 정보는 가장 최근에, 그리고 상당히 오랫동안 인간 세상에 머물고 있었던 사스투스에게 들었던 정보였다.

문제는 사스투스에게 들었던 인간들의 수준과 막상 이곳으로 나와서 겪고 있는 인간들의 수준은 너무나 다르다는 것이었다.

그도 그럴 것이 사스투스가 있던 시기에는 제니아 시스템이 도입되기 이전이었다.

인간 세계는 제니아 시스템이 등장하기 전과 후는 전혀 다른 세계라 할 수 있을 정도로 마나 문명 쪽에서는 천지개벽에 가까운 변화가 생겼다 할 수 있었다.

당연히 과거와 비교할 수 없을 정도로 인류 전체의 전력이 올라갔던 것이었다.

"허… 바스라, 네가 그렇게 말할 정도라는 것이냐?"

아바투르는 바스라의 대답이 어처구니가 없는지 헛웃음을 지으며 반문하였다.

"그렇습니다. 최근에 제가 직접 나섰던 적도 있었지만, 당시 그랜드마스터의 경지를 능가한 인간도 있었습니다."

"뭐? 정말이냐?"

그랜드 마스터를 능가했다는 말은 광검, 라이트 소드를 사용했다는 이야기였다. 아니나 다를까 바스라는 라이트 소드를 언급하며 말을 이었다.

"네. 라이트 소드를 쓰는 것을 목격하였습니다. 기운이 정련되지 않은 것이 초입인 것으로 보이긴 했지만, 지금의 기운으로는 섣불리 상대하다가 잘못하면 마계로 강제 귀환 될 수도 있을 것 같아서 몇 차례 상대하다가 물러났었습니다."

사실 마공작이라는 자리는 보통의 자리가 아니었다. 마계에서도 손가락 안에 드는 무력의 정점 중의 하나에 있는 마공작은 충분히 라이트 소드를 상대할만한 무력을 가지고 있었다.

즉, 마계에서의 바스라라면 초입의 라이트 소드 정도야 그가 가진 마기로 충분히 상대할 수 있었을 것이었다.

하지만 이곳은 마계가 아니었다. 능력의 절반도 채 가져오지 못한 그가 발휘할 수 있는 기운은 극에 달한 그랜드 마스터 정도에 불과하기 때문에, 초입의 라이트 소드라도 승리를 확신하기 힘든, 아니 패배할 확률이 더 높은 상태였다.

라이트 소드가 등장했다는 말에 잠시 생각을 가다듬던 아바투르는 바스라에게 물었다.

"라이트 소드를 사용하던 자가 혹시 젊은 동양인이던가?"

지금 아바투르는 강민을 염두에 두고 물은 것이었다. 아바투르가 가진 정보로는 지금 라이트 소드가 가능한 자는 사스투스를 강제귀환 시킨 남자 밖에는 없었다.

하지만 바스라의 대답은 아바투르의 예상과는 달랐다.

"아닙니다. 동양인은 맞습니다만, 그는 백발의 노인이었습니다."

"허… 라이트 소드가 가능한 사람이 또 있었다는 말인가…."

"또 라면…."

"너도 알고 있겠지? 반푼이 사스투스가 마핵을 상당부분 잃고 강제귀환 된 것을 말이다."

"알고 있습니다. 백작위를 갖고 있던 녀석이 물질계에서 무슨 일을 당했는지 마핵마저 다쳐서 남작위로 떨어졌었지요."

사스투스의 이야기는 마계 전체까지는 아니지만 아바투르의 영지에서는 꽤나 유명한 이야기였다.

보통 물질계로 소환되었다가 강제귀환 하는 경우, 다소간의 마기의 손실은 있을지 몰라도 사스투스처럼 본신 능력의 반도 지키지 못하는 경우는 드물었기 때문이었다.

그래서 고위 악마들 사이에서는 사스투스는 반푼이라는 불명예스러운 별명으로 불리고 있었다.

하지만 아바투르를 제외한 다른 악마들은 사스투스를 반푼이로 만든 자에 대해서는 잘 모르고 있었다.

그 상황자체를 떠올리기 싫었던 사스투스가 입을 열지 않았기 때문이었다. 다만, 아바투르를 주군으로 모시고 있기 때문에 그에게는 사실을 알린 상태였다.

"그래, 그 사스투스를 처리한 녀석이 라이트 소드를 사용하는 자였다."

"음…. 그렇다면 또 다른 자가 있다는 말씀이시군요."

"지금 네가 언급한 자가 사스투스를 처리한 자가 아닌가 했더니, 네 말을 들어보니 다른 자 같구나. 또 다른 라이트 소더라… 인간들의 수준이 높아졌다는 네 말이 이해가 가기는 하는군."

조금 전까지만 해도 바스라의 말을 인정하지 않고 있던 아바투르였지만, 라이트 소드의 사용자인 라이트 소더가 나타났다는 이야기에 그는 바스라의 말이 맞음을 인정할 수밖에 없었다.

하나의 라이트 소더만 해도 지금껏 인간사에서 보기 힘든 인물이었는데, 두 명이 한 시대에 나타났다는 것은 분명 수준 자체가 높아졌다고 볼 수 있었기 때문이었다.

바스라는 아바투르가 자신의 말을 인정하여주자 반색하며 말을 덧붙였다.

"그렇습니다. 또한 라이트 소더인 그를 제외하고도 그랜드 마스터의 경지에 오른 인간들 역시 한두명이 아닌지라 나름 고위 악마를 소환한다 하더라도 그리 오래 버티지 못했습니다."

여기까지 들은 아바투르는 잠시 생각에 잠겼다. 최초 생각했던 계획을 변경해야 하는지에 대해서 고민하는 것이었다.

지금까지는 부하들을 통해서 세상을 휘저으면, 당연히 사스투스를 해치운 라이트 소더가 나타날 것이라 생각했다. 그리고 그가 등장하면 그 때 자신이 나서서 그를 해치우고 완전히 세상을 장악하려 하였다.

하지만, 인간들의 수준이 올라가면서 생각보다 사회의 혼란은 크지 않았고 사스투스를 죽인 라이트 소더는 코빼기도 비치지 않았다.

더군다나 또 다른 라이트 소더에 다수의 그랜드 마스터까지 나온 상황이라, 더 이상 자신이 뒤에서 앉아만 있을 수 없는 상황이 된 것이었다. 결국 귀찮겠지만 자신이 나서야겠다는 생각을 하고 있었다.

그 때 바스라의 옆에 있던 아름다운 여성 형태의 악마가 입을 열었다.

"주군, 지금 상황을 반전시킬 방법이 있습니다."

"오. 케일라, 무슨 방법이냐?"

몸에 딱 달라붙는 옷을 입고 따로 보이지 않아도 자연스럽게 풍겨 나오는 색기를 보이던 케일라는 주군 앞이라 그런지 몸가짐을 바로하고 조심스럽게 입을 열었다.

"결국 지금 우리가 직면한 문제는 마계에서의 능력을 다 발휘하지 못한다는 점입니다. 이 문제를 해결하려면 이 물질계에 우리의 숙주가 될 수 있는 제물들을 구해서 그들의 몸으로 들어가면 될 것입니다."

"누가 그걸 모르느냐. 당연한 소리는 되었고 그 해결책을 말해보아라."

당연한 케일라의 말에 아바투르가 못마땅한 표정을 짓자 케일라는 빠르게 말을 이었다.

"네, 모두가 알고 있지요. 지금 제가 말씀드리고자 하는 것은 그 제물이 될 만한 녀석들을 찾은 것 같다는 것입니다."

"호오. 어떤 놈들이냐? 하위 악마라면 몰라도 작위마급의 고위 악마를 받아들일 녀석들은 그리 찾기 쉽지 않을 텐데 말이야."

"제가 담당했던 지역은 이곳에서 부르는 말로 유럽이라는 지역이었습니다. 그 곳을 돌며 소환구를 뿌리던 중, 블러디 일족과 비슷한 녀석들을 보았습니다."

"블러디 일족이라면…."

"네, 흡혈을 통해서 에너지를 얻는 일족이지요."

마계에서도 흡혈 마족이 있었다. 하지만, 지구의 뱀파이어와는 달리 마계에서는 지능이 미약한 하등 종족에 가까운 마족이었다.

그런 상황을 말해주는 듯 아바투르는 실망했다는 투로 말했다.

"그 따위 하등 종족을 숙주로 삼는다면 지금보다도 더 능력이 제한 될 것이야. 알만한 녀석이 그런 말을 하는 것이냐?"

"그런 상황이면 제가 말씀드리지 않았겠지요. 이곳의 뱀파이어들은 피를 통해서 에너지를 얻는다는 점은 블러디 일족과 같지만, 지능과 마나친화력 등은 이곳의 인간을 능가하고 있습니다."

블러디 일족과 비슷하다는 말에 실망감을 표했던 아바투르는 이어지는 케일라의 말에 고개를 끄덕이며 다시금 반문했다.

"흐음… 그렇다면 그들 중에서 우리들의 악기를 받아들일 만한 존재가 있다는 것이냐?"

"한두명 정도라면 제가 이런 말씀을 드리지는 않았겠지요."

"그럼?"

"제가 조사를 해 본 결과 지금 뱀파이어라 불리는 일족은 종족 내 싸움을 하고 있는 중입니다. 한 쪽은 인간 세상에 편입되어 이 세계의 평범한 인간과 다르지 않는 성향을 지니고 있는데, 다른 한 쪽은 무슨 이유인지 상당한 악기를 가지고 있었습니다. 주군이 들어간 그 인간숙주가 가진 악기 정도는 아니겠지만, 웬만한 고위 악마들도 다 받아들일 수 있을 정도였습니다."

종족 싸움이라면 한 두 명은 아닐 것이 분명하였다. 예상 밖의 희소식에 아바투르는 반색하며 말했다.

"그래? 악기를 가졌다는 그 놈들의 숫자가 충분하더냐?"

"네, 그렇습니다. 작위마를 받아들일 수 있을 녀석들만 해도 족히 5명 이상은 될 것이고, 상급 악마를 받아들일 녀석들 또한 오십은 넘어보였습니다. 하급악마까지 다 치면 모두 오백명은 될 것 같았습니다."

"허. 그 정도 숫자라면 충분하겠구나! 마계에서처럼 활동할 수 있다면야 인간 따위의 수준이 아무리 높아졌다 해도 충분히 쓸어버릴 수 있겠지!"

"그렇습니다, 주군. 그리고 이것은 동유럽에 있는 본부만을 말씀드린 것이고, 각국에 흩어져 있는 지부까지 다 한다면 그 인원은 더 많은 것으로 생각됩니다."

케일라의 말에 만족스러운 표정을 짓던 아바투르는 케일라의 옆에 있던 악마에게 지시를 내렸다.

"파루스! 네가 케일라와 함께 가서 그들을 포획하여 오도록 해라."

파루스라 불린 악마는 바스라, 케일라와는 달리 인간형의 악마는 아니었다.

몸은 3미터가 넘는 거구인 것만 제외한다면 인간과도 흡사한 몸이었지만, 얼굴이 전설상에 나오는 용의 머리를 하고 있었다. 그리고 용의 꼬리와 등에는 날개마저 달고 있어서 인간형이라 하기에는 힘든 외모였다.

아바투르에게 불린 파루스는 히죽거리는 웃음을 짓더니 대답하였다.

"네, 주군. 이 마룡장 파루스의 명예를 걸고 확실하게 처리하도록 하겠습니다. 흐흐."

파루스의 무력을 믿고 있는지 아바투르는 그를 향해 한 번 고개를 끄덕인 뒤, 이번에는 바스라에게 말했다.

"바스라, 너는 나와 함께 라이트 소더를 만났던 곳으로 가자. 그 곳에서부터 기운을 추적하면 되겠지."

"네! 주군."

"어차피 바스라 네가 제대로 된 숙주만 얻으면 충분히 상대 가능할 것이지만, 라이트 소더는 우리에게 큰 피해를 줄 수 있을 것이니 미리미리 처리해야겠지. 내가 직접 나서겠다."

"알겠습니다. 주군!"

바스라에게까지 지시를 내린 아바투르는 세 악마 모두를 한 번씩 바라보며 고개를 끄덕이더니 마지막 말을 그들에게 전했다.

"마나능력을 가진 인간들만 다 처리하고 나면, 마목의

씨앗을 널리 심어 이곳을 우리의 영지로 삼자꾸나. 하하하하."

❖

챙챙~ 파직!

쾅~콰가강~!

사방에서 전투가 벌어진 듯한 소리가 들려왔고, 여기저기에서 화광이 충천하고 있었다. 마치 전시상황과도 같은 모습이었다.

뜻밖의 전투 소리에 놀란 벨리알의 로드 드레이크는 침대에 누워 있다 벌떡 일어나 밖에다 대고 지시를 내렸다.

"여봐라! 당장 무슨 일인지 파악해서 보고하라!"

"네, 로드!"

드레이크의 문 밖에는 항시 대기하고 있는 두 명의 부하 중 한 명이 서둘러 달려가려고 할 때 한 여성 뱀파이어가 황급히 드레이크의 방 쪽으로 뛰어왔다.

달려오는 인물이 낯이 익었는지 경비를 서던 부하 중의 한명이 그에게 물었다.

"이레나님, 지금 상황에 대해서 알고 계십니까? 로드께서 물으십니다."

"그것 때문에 이곳에 온 것이야! 당장 로드께 내가 왔음을 알려라!"

하지만 밖의 소란에 이미 자리에서 일어난 드레이크는 경비가 고하기도 전에 입을 열었다.

"이레나를 들라하라!"

드레이크의 말에 경비는 지체 없이 문을 열었고, 방에 들어온 이레나는 한 쪽 무릎을 꿇으며 고개를 숙인 뒤 입을 열었다.

"로드! 큰일입니다. 지금 수많은 악마들이 우리 본부를 공격 중입니다!"

"악마? 갑자기 왠 악마란 말이냐!"

"무슨 연유로 나타났는지는 모르겠으나, 마치 유럽 전역에 나타났던 악마들이 모조리 이곳으로 모인 것만 같습니다. 숫자가 물경 오천에 달합니다!"

"오천이라고!"

지금 벨리알의 본부에 있는 뱀파이어의 숫자는 5백 정도였는데 5천이라면 그의 열배에 달하는 숫자였다. 드레이크의 놀람도 당연한 것이었다.

일당십으로 상대해야 하는 상황이지만 지금 벨리알 본부에서 일당십으로 악마들을 상대할 수 있는 자는 얼마 되지 않았다.

아니 일대일로 상대해도 힘들 가능성이 더 높았다. 그것은 5백이라는 숫자 중에서 상당수는 새로이 뱀파이어가 된 신참들이라 아직 힘을 제대로 사용하기조차 힘든 자들이 많기 때문이었다.

물론 본부 말고 세계 각지의 지부에 흩어져있는 인원들까지 합치면 천 명은 훌쩍 넘는 인원이었으나 일단 지금 가용할 수 있는 전력은 본부의 전력이 전부였다.

그렇기 때문에 오천의 숫자는 지금 벨리알이 대적하기에는 너무 많다고 할 수 있었다.

"그렇습니다. 대강 살펴보았는데도 그 정도로 보이고 있습니다. 모두가 강자인 것은 아니지만 숫자가 숫자인지라…"

"블러디 투스와 다크 클로는 어떻게 하고 있느냐!"

블러디 투스와 다크 클로는 벨리알의 정예 무력단체로 최근 루시페르와의 항쟁에서 가장 큰 역할을 하고 있는 단체였다. 당연히 이런 상황을 좌시하고 있지는 않았을 것이었다.

"이미 나라크와 키로스탄이 각자의 대원들을 이끌고 전투에 나섰으나 아무래도 적들에 비하면 소수에 불과한 상황이라 전세를 뒤집기는 어려운 것 같습니다. 그리고…"

"그리고?"

"악마들도 지도부에서 나왔는지 그 무력이 마스터 급에 달하는 자들이 한두 명이 아닌 상황입니다. 마스터 급이 최소 열 명은 되어 보입니다."

"뭐라!"

차원 통합이 진행되면서 지구인뿐만 아니라 뱀파이어들도 풍족해지는 마나에 영향을 받아, 그간 벽에 막혔던 뱀파이어들 중에서도 벽을 넘어 듀크급, 인간으로 치자면 마스터급이 된 뱀파이어들이 종종 나타나곤 하였다.

그래서 지금 벨리알의 본부에도 로드인 자신을 제외하고도 3명의 듀크급 뱀파이어가 있었는데, 지금 악마들은 열 명에 이른다고 하니 전력적으로 상대가 되지 않는 상황이었다.

"일단 로드라도 피하신 후 흩어져 있는 지부의 세력을 규합하셔서 다시 대적하는 것이 낫지 않겠습니까?

이런 상황을 알고 있는 이레나는 작전상 후퇴를 말하고 있었다. 하지만 드레이크의 생각은 달랐다.

"하위 악마 따위야 숫자가 얼마나 있든지 관계없을 것이야. 어차피 승부는 강자들 사이에서 나겠지. 가자! 어떤 놈들이 온지 모르겠지만 우리 벨리알의 저력을 보여줘야겠다!"

숫자에 놀라기는 했지만, 드레이크의 말대로 승부는 위에서 나는 것이었다.

마스터 한 명이 작정하고 나선다면 C급 정도의 마물들은 수백 수천을 상대할 수 있는 것처럼, 하위 악마의 숫자가 많다고 해봤자 결국 강자들의 승부로 전투의 향방이 갈린다 할 수 있었다.

그리고 이레나는 모르겠지만, 드레이크에게는 비장의 무기가 두 가지나 있었다. 그렇기에 악마들이 강하다 하더라도 충분히 상대할 자신이 있었다.

그 말을 마지막으로 드레이크는 제이크와 함께 서둘러 전장의 중심으로 향했다. 그곳에서 나오는 기파를 보았을 때 이미 마스터 급의 강자들 간의 전투가 벌어지고 있다는 것을 알 수 있었다.

❖

용머리의 파루스와 흑발의 미녀 케일라는 허공에 뜬 채로 아래의 전장을 내려다보고 있었다. 그 중 용머리의 파루스가 잠시 눈살을 찌푸리더니 입을 열었다.

"저항이 만만치 않은데?"

확실히 초반에 몰아칠 때에 비교해서 지금 전투는 박빙으로 완전히 압도하지는 못하고 있었다.

특히, 붉은 옷을 입은 20명의 뱀파이어들과 검은 옷을 입은 40명의 뱀파이어들이 전장에 참여하면서부터 그런 모습이 보였다.

파루스의 말에 케일라는 요사스러운 웃음을 흘리더니 별 것 아니라는 식으로 대답했다.

"그래봤자 시간문제야. 지금 뒤쪽에 있던 상급 악마들

도 이 상황을 파악했으니 이제 곧 저 놈들을 밀어버리겠지. 그냥 해치운다면 별로 어려울 것도 아니지만, 목숨만은 붙여놓으려니 쓸데없이 피해가 크네."

악마들의 숙주로 삼기 위해서 팔다리 정도는 사라져도 상관은 없었지만 목숨만은 붙여놓아야 하였다.

그렇기 때문에 지금 악마들은 한방에 목숨을 끊을 수 있는 치명적인 공격은 웬만해서는 피하고 있었고, 그런 상황이 압도적인 악마들의 숫자에도 전황을 팽팽하게 유지할 수 있는 힘이 되고 있었다.

케일라의 대답을 들었지만 파루스의 눈살은 여전히 펴지지 않았다.

"그래도 저 앞의 두 명은 웬만한 작위마와도 맞먹겠는 걸? 일단 저 놈들만이라도 전투불능으로 만들어야겠어."

"흐응… 뭐 원한다면 그러시던지. 누가 마룡부대의 마룡장 아니랄까봐 손이 근질근질한가봐?"

파루스가 이끄는 마룡부대는 아바투르 휘하의 악마들 사이에서도 가장 호전적이기로 유명한 존재들이었다.

하지만 파루스는 단지 손을 풀기 위해서 움직이려는 것은 아니었다.

"대검을 쓰는 저자가 마음에 드는데 괜히 어디 상하기 전에 확보해 놓으려고 그러지. 크크큭."

지금 파루스의 시선은 붉은 옷을 입은 뱀파이어들, 블러디 투스의 대장 나라크를 향해 있었다.

이미 마스터의 경지에 오른 나라크는 이글거리며 타오르는 붉은 검기를 줄기줄기 흘리는 대검을 힘차게 돌려대고 있었는데, 그 대검에 담긴 경력이 엄청났던지 그의 일격을 제대로 받아내는 악마가 보이지 않았다.

물론 아직 상급 악마들이 투입되지 않아서 그런 것일 수도 있었지만, 그 대검의 위력이 남다르다는 것에는 이견을 제기할 사람이 없을 것이었다.

파루스가 입맛을 다시는 것을 본 케일라는 아깝다는 표정으로 검은 옷을 입은 뱀파이어 키로스탄을 바라보았다.

케일라는 쌍검을 쓰는 키로스탄의 날렵한 모습은 마음에 들었으나 남자라는 것이 걸렸다.

일반적으로 악마의 성별은 성체가 될 당시 악마 본인의 의지로 인하여 결정이 된다. 즉, 케일라는 본인의 의지로 여성체가 된 것이었다.

그렇기 때문에 남성체의 숙주에 들어가는 것 자체를 그리 선호하지 않았다. 불가능한 것은 아니었으나 좋아하지 않는 다는 의미였다. 그래서 케일라는 숙주를 포획하는 것에 그리 서두르고 싶은 마음이 없었다.

케일라의 생각이 어떻든 이미 나라크가 마음에 든 파루스는 등에 달린 날개를 펼치더니 쏜살 같이 전장으로 날아갔다.

콰앙~!

파루스의 마검과 나라크의 대검이 맞부딪히면서 터져나온 폭음이었다. 하늘에서 떨어진 파루스는 자신의 마기로 만든 거대한 마검을 나라크에게 휘둘렀고, 마스터의 경지에 있는 나라크는 갑작스러운 공격이었지만 어렵지 않게 그 공격을 막아내었다.

그렇게 터져나온 엄청난 폭음에 잠시 그 주위의 전투는 소강상태에 들어갔다. 이 둘의 대결이 이 전투 전체에 영향을 미치는 중요한 일전임을 깨달았기 때문이었다.

"누구냐!"

파루스의 공격을 받아낸 나라크는 날카로운 목소리로 파루스에게 외쳤다.

"허. 싸움은 좀 하는데 머리는 모자란 놈인가? 이 상황에서 누군지가 중요해? 그리고 딱 보면 누군지 모르겠어?"

용의 머리를 한 파루스는 특유의 이죽거리는 말투로 나라크에게 대답했다. 파루스는 호전적이기도 했지만 상대를 도발하는 것에도 조예가 깊은 편이었다.

예상대로 파루스의 말을 들은 나라크는 다소 화가치미는 듯한 모습이 보였다. 하지만 파루스에게서 느껴지는 기파가 심상치 않았기에 섣불리 덤벼들지는 다시 질문을 던졌다.

"네가 이 악마들의 대장이냐?"

"크크. 뭐 이곳에서는 내가 대장이라 할 수 있겠지."

뒤에 비슷한 급의 케일라가 있지만 무력만 놓고 보았을 때는 자신이 한수 위였기에 파루스는 별 다른 망설임 없이 그렇게 대답하였다.

'이곳에서 대장이라 악마들 전체의 우두머리는 아니라는 말인가?'

당연한 추론이었다. 사실 파루스 역시 그런 사실을 숨길 생각이 없었기 때문에 저렇게 말한 것이었다.

파루스의 말에 나라크의 머리가 복잡해진 듯하자 파루스는 대검을 돌리며 전투자세를 잡은 뒤, 나라크에게 말했다.

"생각은 나중에 하고 일단은 붙어보자고!"

말을 마친 파루스는 마치 대포알과 같은 검격을 나라크에게 날렸다. 나라크 역시 지금은 생각할 때가 아니라는 것을 잘 알기에 대검에 검기를 두른 채 파루스의 검격을 막아갔다.

콰앙!

아까 전의 기습 공세와는 달리 제대로 힘을 실은 공격이기에 파열음의 크기는 더 컸다. 그 파열음을 신호로 파루스는 폭풍과도 같은 검세를 펼쳐나갔다.

쾅쾅쾅쾅쾅!

일격일격이 필살의 검세인 듯 엄청난 폭음과 함께 나라

크의 몸이 밀려났다. 나라크 역시 마스터의 경지에 있었지만, 확실히 파루스가 한 수 위였다.

후작급의 나라크는 당연히 검강지경의 강자였다. 아직 광검지경까지는 이르지 못했지만, 검강지경에서는 극에 달한 이해도를 갖고 있었다.

숙주 없이 물질계로 나오느라 전력의 50%정도 밖에 발휘하지 못하고는 있었으나, 지금도 충분히 검강은 사용할 수 있는 상태였다.

하지만 지금 파루스는 전투를 즐기느라 굳이 검강까지는 펼치지 않고, 검기만으로 나라크를 상대하고 있었다.

'으윽! 이대로라면 안 되겠어. 저자는 마스터의 경지를 뛰어넘은 자야!'

나라크는 한참동안 파루스의 공세를 받으며 빈틈을 찾아 전세를 역전 시킬 기회를 노렸으나, 한 수 위의 파루스의 빈틈을 찾기란 요원했다.

그리고 자연스럽게 파루스가 자신보다 윗 줄의 무력을 갖고 있다는 것을 인정 할 수밖에 없었다.

하지만 나라크 역시 한 수가 있었다. 아무리 한 수 위의 상대라고 하지만 이대로 물러서기엔 블러디 투스 리더의 체면이 서지 않았다.

수세에 몰린 싸움을 계속 하던 나라크는 진혈을 깨우기 위한 틈을 보고 있었다. 마스터에 이른 나라크가 뱀파이어

종족의 특성인 피의 격노를 사용한다면 순간적이나마 검강지경에 맞먹는 힘을 쓸 수 있을 것이었다.

그리고 지금 나라크를 얕보고 있는 파루스가 본신의 힘을 사용하기 전에 진혈을 깨운 힘을 일격에 실어 파루스를 처리할 생각을 하고 있었다.

하지만 나라크 역시 수백년 간 전투를 해왔던 전투의 베테랑이었다. 나라크의 바뀐 분위기를 감지 못 할리가 없었다.

다만, 자신의 실력에 자신감이 넘치고 있었기 때문에 나라크 정도의 능력자가 갖고 있는 비장의 무기 정도로는 파루스에게 위기감을 줄 수는 없었다. 오히려 그 비장의 무기가 뭔지 궁금하였고, 그래서 일부로 그것을 사용할 수 있는 틈을 만들어 주었다.

파앙~

연속해서 몰아치던 파루스의 검격 중 한 공격이 허술한 흐름을 가지고 있는 것을 잡아낸 나라크는 눈을 빛내여 그 검격을 쳐냈다.

지금까지처럼 공격에 밀려서 방어만을 굳혔던 것이 아니라 적극적으로 공격을 받아내어 파루스의 틈을 만든 것이었다.

화아아악~!

동시에 준비했던 피의 격노를 발동 시켰다. 진혈을 깨운 것이었다. 마스터에 이른 만큼 사전 준비시간은 거의 없다시피 하였다.

조금 전의 공격으로 튕겨나간 대검을 다시 돌려 이어지는 공격을 하려하던 파루스는 전방에서 발현하는 뜻밖의 강렬한 기세에 놀라 전면의 방어를 굳혔는데 그 방어막 위로 엄청난 충격이 전해져왔다.

콰앙~ 콰앙~ 콰앙!

나라크의 대검이었다. 머리끝부터 발끝까지 전신을 붉게 물들인 나라크는 핏빛으로 변한 눈을 흉폭하게 빛내며 새빨갛게 타오르는 검기를 머금은 대검으로 파루스의 방어막을 연신 때려댔다.

분명 파루스 스스로 보여준 틈이었지만, 나라크의 변신은 생각보다 강렬했다. 더군다나 파루스는 나라크를 숙주로 삼기 위해서 그의 목숨을 빼앗을 공격은 피하고 있었기 때문에 피의 격노 상태인 나라크를 상대하기는 더 힘들었다.

그렇다고 해도 파루스는 나라크보다는 한 수 위의 상대였다.

'크윽… 생각보다 숨겨둔 칼이 날카로운데? 약간 다치겠지만 어쩔 수 없지.'

결심을 한 파루스는 검은 마기가 불타오르던 대검에 더 많은 마나를 집어넣었다. 그리고 얼마 지나지 않아 파루스의 대검은 불타오르는 마기가 아니라 정제된 칼날과도 같은 마기가 덮어씌여지기 시작했다. 바로 검강이었다.

파루스의 검강발현을 본 나라크는 마음이 더 급해졌다. 피의 격노를 일깨워 제대로 된 이성적 판단을 하기가 힘들긴 하였으나 검강의 흉험함은 누구보다 잘 알고 있었다.

하지만 이미 늦었다 할 수 있었다. 나라크의 공세를 어렵지 않게 막아가는 파루스의 대검에는 불길한 검은 칼날이 이미 나타나 있었다.

파슥~!

검기가 강하다 하더라도 검강을 버텨낼 수는 없었다. 검기를 머금은 나라크의 대검을 어렵지 않게 잘라낸 파루스의 대검은 연속 동작으로 나라크의 머리를 노려갔다.

다만 칼날 부분으로 자르는 것이 아닌 검면으로 치려는 행동에 가까웠다. 숙주로 사용하기 위해서 살려두려는 것이었다.

채앵~!

그러나 파루스의 공격은 뜻을 이루지 못했다. 누군가의 목소리와 함께 한 사람이 그의 공격을 막아섰기 때문이었다.

"그만, 네 놈은 내가 상대해주지."

조금 전 침실을 떠나 전장으로 온 벨리알의 로드 드레이크였다. 드레이크가 파루스를 막는 사이 같이 온 이레인은 재빨리 나라크를 챙겼다.

"호오. 이제 대가리가 나온 것인가? 흐음…."

쩌릿쩌릿한 기운이 드레이크 역시 검강지경의 강자임을 알 수 있게 하였다. 만일 마계에서라면 충분히 상대할 만한 수준이었지만, 능력이 떨어져 있는 지금은 조금 어려울 수도 있겠다라는 생각 또한 들었다.

 그런 생각은 파루스만 한 것은 아니었다. 드레이크 역시 한번 검격을 나눠보고 할 만하다는 생각이 들었고, 자신감 있게 외쳤다.

 "네 놈들이 우리를 쉽게 본 것 같은데, 네 놈들의 생각과 는 다르다는 것을 보여주지!"

 "크크크. 마계에서 만났다면 재미있는 싸움을 할 수 있었을 것 같은데, 아쉽군. 어쨌든 나도 임무를 받은 상황이라 굳이 일대일의 대결을 고집하진 않겠다. 케일라!"

 케일라 역시 후작급으로 충분히 검강을 사역할 수 있는 강자였다. 케일라와 같이 상대한다면 충분히 이자를 처리할 수 있을 것이라는 생각으로 파루스는 케일라를 불렀다.

 "호호호. 안 그래도 내려오려고 했어!"

 파루스의 말이 끝나기가 무섭게 케일라의 목소리가 들려왔다. 실제 케일라는 그녀의 말처럼 파루스가 부르기도 전에 내려오고 있었다.

 그것은 드디어 쓸만한 숙주가 나타났기 때문이었다. 바로 드레이크와 함께 나타난 이레인을 두고 한 생각이었다.

[이 놈은 같이 처리해야겠어. 생사결을 펼친다면 어떻게든 해보겠는데, 결국은 살려서 가야할 거 아냐? 그러니까 합공을 하자.]

[흐응. 좋아. 지금 이 녀석을 보니 반반한 얼굴도 그렇고 바스라 공작님과 딱 어울리겠군.]

[크큭. 그래 난 어차피 저 뒤에 대검 쓰는 놈만 있으면 되니까.]

[그래, 그럼 한 바탕 해볼까?]

하늘에서 내려온 케일라와 파루스가 텔레파시를 나누는 동안, 드레이크의 생각도 복잡해져갔다.

용머리 악마 한 놈이라면 충분히 할만 할 것 같은데, 저 여악마 또한 비슷한 수준으로 보이기에 두 명을 한 번에 상대하는 것은 무리라는 것을 직감했다.

'크큭. 어쩔 수 없이 히든 카드를 써야겠는데? 일단 뒷탈 없는 녀석부터 사용해야겠지.'

생각을 마친 드레이크는 마나를 일으켜 자신의 침실이 있던 쪽으로 그 마나를 쏘아 보냈다.

갑자기 마나를 끌어올리는 드레이크의 모습에 파루스와 케일라는 살짝 긴장했지만, 자신들에게 보내는 것이 아님을 알고 긴장은 의아함으로 바뀌었다.

성격 급한 파루스는 드레이크의 갑작스러운 행동에 궁금증이 생겨 그에게 물었다.

"뭐냐? 저기 뭐라도 있는 것이냐?"

사실 지금 싸우고 있는 적에게 그런 질문을 한다는 것이 우스울 수도 있는 노릇이지만, 드레이크 역시 지금 부른 자가 나타날 때까지 시간을 끌 필요가 있었기 때문에 그의 질문에 대답을 하였다.

"기다려 보면 알겠지, 네 놈들이 실망하지는 않을 것이야."

드레이크의 대답이 나오고 얼마 지나지 않아서 그가 마나를 보낸 쪽에서 누군가가 빠른 속도로 달려오고 있는 것이 느껴졌다.

온 몸에 마나를 두르고 날 듯이 달려오는 것을 보니 최소한 마스터 이상의 경지에 오른 강자임이 분명해 보였다.

쿠웅~!

날 듯이 뛰어온 자는 헐렁한 로브를 걸친 백발의 노인이었는데 뜻밖에도 동양인이었다. 그리고 들고 있는 무기도 서양식 장검과는 다른 동양식의 환도였다. 바로 사라졌던 천왕가의 태상가주 이극민이었다.

드레이크가 숨기고 있던 카드 중에 하나가 이 이극민 태상가주였다. 몇 해 전 이극민을 사로잡은 드레이크는 오랜 시간 그에게 종속자로 만드는 대법을 시전 하였었다.

마스터의 정신력을 제압하는 것은 쉽지 않았지만, 결국 이극민의 정신은 드레이크의 대법에 장악되고 말았고 지금 이극민은 드레이크의 종속자로 거듭난 상태였다.

게다가 종속자로서 피의 의식까지 치러주어, 제압 당시의 이극민은 마스터 초입 정도였지만 지금은 무력만을 따지면 그랜드 마스터 초입에 맞먹은 상태였다.

물론 정신이 제압당한 만큼 검강지경에 걸맞는 깨달음을 갖춘 상태는 아니었지만, 극도로 집중된 검기를 사용할 수 있게 되어 검강에도 다소 버틸 수 있을 정도의 무력을 갖추게 된 것이었다.

"리! 이레인, 키로스탄과 함께 저 여자 악마를 상대해라. 이 용머리 악마는 내가 맡을테니 말이야. 하하하."

나라크는 조금 전 파루스의 공격에 내상을 입었는지 아직 제 컨디션이 아닌 것으로 보였다. 무리하면 움직일 수 있을지 모르겠지만, 드레이크의 판단에 저 세 명이면 여자 악마를 충분히 상대할 수 있을 것처럼 보였다.

하지만 드레이크의 생각처럼 일이 풀리지는 않았다. 만만치 않아 보이는 이극민의 등장에 파루스가 어쩔 수 없다는 듯한 표정으로 말을 내뱉었다.

"이거 참. 머릿수로 하자 이건가? 그런데 어쩌지? 머릿수로 하면 우리가 불리할 것이 없다고. 하얏!"

말을 마침과 동시에 파루스는 메시지를 담은 기파를 전

장 전체로 뿜어내었다. 그리고 그 기파에 전장의 이곳저곳에서 마스터 급으로 보이는 악마들이 하나 둘 나타나기 시작하더니 이곳으로 빠르게 움직였다.

얼마 지나지 않아서 악마들은 이곳, 전장의 중심으로 다가왔는데, 그 숫자는 8명이었다.

"부르셨습니까!"

"그래. 쉽게 가려고 했더니, 그렇게 놓아두지를 않는군. 그냥 처리한다면 모를까 아무래도 생포하려 하다 보니 너희들의 손을 좀 빌려야겠다."

"네, 알겠습니다. 후작님!"

8명에 달하는 마스터급 악마의 등장은 전세를 완전히 악마 쪽으로 가져온 것이라 할 수 있었다.

'크윽… 결국은 이 카드까지 써야하는 것인가… 웬만하면 쓰고 싶지 않았는데….'

마지막으로 남겨둔 카드는 양날의 검과 같이 드레이크에게도 상처를 줄 수 있는 카드였다. 하지만 지금의 상황은 그런 것까지 염두해 둘 정도로 여유 있는 상황은 아니었다.

반면 고뇌하는 드레이크를 비웃기나 하는 듯 파루스는 만족스러운 웃음을 지으며 나타난 부하들을 향해 공격을 명령하였다.

"쳐라! 목숨만 붙여놓으면 되니까 마음껏 휘저어라!"

파루스의 명령에 따라 새로이 나타난 악마들은 적극적인 공격을 펼치기 시작했다.

원래 드레이크의 계획은 이극민과 이레인, 키로스탄으로 케일라를 막고, 자신은 파루스를 빨리 해치워 전권을 장악하려는 것이었는데, 이제는 살아남기에도 급급한 상황이 되어 버렸다.

부상을 당한 나라크까지 일어서서 그들을 맞아갔지만 수적인 열세에 전황은 어려울 수 밖에 없었다.

챙챙~ 콰지직~ 콰앙~

이곳저곳에서 마스터급 악마들과 마스터급 뱀파이어들 간의 전투가 벌어졌는데 아무래도 2대 1로 싸우는 뱀파이어가 어려운 상황을 맞이하고 있었다.

그리고 이곳에서 가장 중요한 전투라 할 수 있는 대장전이 벌어지려 하고 있었다.

"흐흐흐, 우리도 슬슬 끝내는 게 어때?"

파루스가 음흉한 웃음소리를 내며 드레이크에게 다가섰고, 케일라도 어디서 뽑아들었는지 팔뚝만한 단도 두 자루를 빼어들고 전투태세에 나섰다.

그 때였다.

쾅~! 콰르르륵~

폭탄이 터지는 듯한 굉음과 함께 전장의 한 편에 있던 건물 벽이 통째로 무너지더니, 그 곳에서 한 인영이 튀어나오더니 빠른 속도로 전장에 접근하였다.

다가오는 속도가 보통은 아닌 것이 최소한 마스터 이상의 경지는 되어 보이는 강자였다.

다만, 뱀파이어들도 그 괴인의 정체를 모르겠는지 고개를 갸웃거리고 있었고, 파루스 역시 갑자기 튀어나온 강자가 누군지 궁금했기에 괴인에게 말을 건넸다.

"네 놈은 누구… 엇!"

챙~

하지만 괴인은 그런 대화에 관심이 없는지 문답무용식의 공격을 펼쳤다. 그리고 그 공격은 한번에 그치지 않았다.

챙~챙~ 채챙~

몇 차례의 공격을 날렸던 괴인는 그의 공격을 파루스가 잘 막아내자 잠시 고개를 갸웃거린 뒤, 이번에는 자신의 검에 마나를 집중하기 시작했다.

파스스스~

검의 마나가 대기 중의 마나와 충돌하며 약한 파열음이 발생하였고 이내 그의 검은 핏빛 수정으로 덮여 씌여지기 시작했다.

"역시 그랜드마스터 급이군!"

파루스는 괴인이 그랜드마스터 급이었다는 것을 예상했다는 듯한 말을 하며 자신의 검에도 역시 검강을 드리웠다.

그렇게 파루스가 괴인과 싸우고 있는 사이, 케일라 역시 드레이크와 결전을 벌이고 있었다.

마계에서 경지를 보면 결코 드레이크에게 밀릴 케일라가 아니었으나, 현재 전력을 다 보일 수 없는 케일라는 다소 드레이크에 밀리는 느낌이었다.

하지만 케일라 역시 한 수가 있는 악마였다. 아니 작위마 이상급 되면 자신만의 한 수가 없는 악마를 찾는 것이 더 힘들 것이었다.

지금 상태에서는 자신이 밀린다는 것을 인정한 케일라는 뭔가 불만족스러운 표정을 짓더니, 갑자기 눈으로 마기를 집중하더니 광선과도 같은 마기를 쏘아냈다.

그녀의 시선이 향하는 곳은 당연히 싸우고 있는 드레이크였는데, 그녀의 시선을 받은 드레이크는 무엇엔가 홀린 듯한 모습을 보이며 멍한 눈으로 허공을 응시하였다.

그런 드레이크의 모습에 회심의 미소를 짓던 케일라는 조용히 입을 열었다.

"유혹의 눈길을 맞고도 죽음을 당하지 않는 것은 네가 처음 일 것이야."

케일라의 한 수는 그녀의 특성을 잘 살린 유혹의 눈길이었다. 그녀가 마계에서 살아남으며 후작급까지 올라갈 수 있었던 것도 이 유혹의 눈길 때문이라 할 수 있었다.

지금 드레이크는 아마 엄청난 황홀경에 빠져 있을 것이

었다. 만일 드레이크가 보통의 악마였다면 케일라는 황홀
경으로 통해서 뿜어져 나오는 마기를 적극 흡수하여 종내
에는 미이라로 만들어버렸겠지만, 지금 드레이크는 살려
야 할 필요가 있는 제물이었다.

그래서 드레이크에게 다가간 케일라는 몇 군데 급소를
찔러 단순히 전투 불능 상태로 만들려고 하였다.

뚜벅뚜벅 드레이크에게 다가간 케일라는 그에게 가벼운
동작으로 손을 휘저었는데 ,그 순간 드레이크의 멍한 눈동
자에 다시금 활기가 차올랐고 케일라의 마무리 공격 역시
손쉽게 피해 버렸다.

생각지도 못한 상황에 케일라는 깜짝 놀라며 뒤쪽으로
몸을 피하려 하였는데, 드레이크의 검격이 조금 더 빨랐
다.

휘익~! 스샥!

"으윽!"

드레이크의 검은 하단에서 상단으로 크게 휘둘러졌고,
이를 피하지 못한 케일라는 우측어깨에서 좌측 옆구리 부
분까지 큰 상처를 입고 말았다. 치명상이었다.

하지만 드레이크의 공격은 이것이 끝이 아니었다. 기회
를 놓치지 않은 드레이크는 케일라를 벤 방향으로 몸을 한
바퀴 돌리며 다시 크게 검을 휘둘러 끝내 케일라의 머리를
날려 버렸다.

통~통~ 데구르르르~

후작급의 악마인 케일라는 자신의 한수인 유혹의 눈길을 너무 믿고 있었기에 결국 그녀답지 않는 죽음, 아니 강제귀환을 맞이하고 말았다.

애초부터 유혹의 눈길에 걸리지 않았다면 모를까, 걸렸다가 이렇게 풀리는 경우는 없었기에 벌어진 일이었다.

드레이크의 앞에서 힘없이 쓰러지는 몸뚱이와 저 멀리 날아간 그녀의 머리는 잠시 부르르 떨리더니 이내 검은 연기로 변해서 어디론가 날아가 버렸다. 마계로의 강제귀환이었다.

그렇게 케일라를 해치운 드레이크는 마치 자신이 꾸민 함정에 그녀가 빠져들었다는 듯이 자신만만한 표정을 짓고 있었다. 그러나 그의 내심은 안도의 한 숨을 내쉬고 있는 상황이었다.

'휴… 블러드 코어가 아니었다면 꼼짝 못하고 죽음을 맞이할 수밖에 없었겠군. 여러모로 큰 도움이 되는 군.'

드레이크가 유혹의 눈길에서 벗어날 수 있었던 것은 본신의 능력이라 할 수는 없었다. 과거 그가 흡수했던 블러드 코어 덕분이었다.

블러드 코어가 드레이크의 상태이상을 해제해 주었기 때문에 케일라의 그 기술에서 벗어날 수 있었던 것이었다.

하지만 지금 전장에 있는 뱀파이어들의 시선은 케일라를 죽인 드레이크에게 모이는 것이 아니라 파루스와 괴인의 전투 쪽으로 쏠려있었다. 정확히 말하자면 괴인에게 집중되어 있었다.

그랜드마스터 급의 전투에 괴인이 펼치고 있던 인식장애마법이 깨져버려 괴인의 진면목이 드러났기 때문이었다.

그리고 뱀파이어들은 인식장애가 해제된 괴인이 누군지 알아보는 듯, 전투 중임에도 불구하고 여기저기에서 반가워하는 목소리가 터져 나왔다.

"빅토르님!"

"오! 빅토르님이 돌아오셨어!"

"그렇다면 해 볼만 하겠는데?"

"이제 됐어! 빅토르님이 오셨으니까!"

빅토르라 불린 자에 대한 신뢰가 높았는지 많은 뱀파이어들은 다시금 힘을 얻은 듯 악마들과 싸워나가기 시작했다.

빅토르는 드레이크가 벨리알의 로드에 오르기 전의 로드였다. 공식적으로는 수련을 위해서 드레이크에게 로드의 자리를 물려주고 은둔했다고 알려졌는데, 이렇게 벨리알의 위기 상황에 다시 모습을 드러내자 벨리알의 뱀파이어들은 기뻐할 수밖에 없었다.

그러나 뱀파이어들의 환호를 받는 빅토르를 보는 드레이크의 시선은 곱지 못하였다.

'휴… 예상했던 일이 벌어졌군. 이렇게 된다면 빅토르를 더 이상 사용하기 힘들겠는데?'

사실 빅토르는 또 다른 드레이크의 종속자로 드레이크가 가진 마지막 카드라고 할 수 있었다.

벨리알의 다른 뱀파이어들은 빅토르가 수련을 위해서 은퇴를 하고 은둔한 것으로 알고 있었지만, 실상은 블러드 코어의 힘으로 드레이크가 자신의 종속자로 만든 상황이었다.

하지만, 그의 지위가 지위인지라 공식적으로 빅토르를 사용할 수는 없었기에 드레이크는 그를 암중살검(暗中殺劍), 즉, 자객과도 같은 형태로 운용하고 있었다.

물론 인식장애마법을 걸고는 있으니 다른 뱀파이어들의 이목을 숨기고 어느 정도는 활용가능하나, 지금처럼 강자와 싸우다보면 인식장애마법 정도는 쉽사리 깨어지기 때문에 그를 사용하는 것은 늘 조심스러웠다.

그래서 루시페르와의 항쟁에도 빅토르는 굳이 사용하지 않고 이극민만을 사용하고 있었는데, 결국 우려했던 일이 터지고 말았다.

'나중에 블라디미르를 칠 때 사용하려고 했는데 이렇게 버려야하다니 아깝게 되었군. 뭐, 하긴 어차피 자주 명령

을 내릴 수 있는 상황도 아니니 이렇게 처리하는 것도 나쁘지 않겠군.'

이렇게 빅토르의 정체가 알려진 이상 더 이상 그를 사용하기는 힘들었다. 빅토르가 자신의 종속자인 것이 알려져는 안 되기 때문이었다.

또한 그래도 어느 정도 통제가 되는 이극민과는 달리, 그랜드마스터급의 경지에 오른 빅토르는 종속자임에도 불구하고 잘 통제가 되지 않았다.

블러드 코어의 힘이 많이 남아 있을 때는 어느 정도의 통제가 되지만, 통제를 하면 할수록, 빅토르 내에 있던 코어의 힘이 약해져 갔고 통제력 또한 같이 약해져갔다.

아직 그런 적은 없었지만, 만일 코어의 힘이 모두 소진된다면 종속자의 위치에서 벗어날 우려도 있었다. 따라서 드레이크는 빅토르를 활용하고 나면 꼭 다시 대법을 시전하여 코어의 힘을 채워놓곤 하였다.

이런 이유로 지금 드레이크는 이번기회에 빅토르를 버릴 생각을 하고 있었다. 아무래도 악마와의 항쟁에서 장렬히 전사하면 모양새도 좋을 것이라는 판단 때문이었다.

'그건 그렇고 저 용대가리는 뭔가 있는 듯하더니 아직도 빅토르 하나 처리하지 못하고 있군. 지금 빅토르가 보일 수 있는 능력은 반쪽짜리 밖에 안 될텐데 말이야.'

아무래도 종속된 입장이기 때문에 빅토르는 그랜드마스터의 능력을 온전히 발휘하기는 힘든 상황이었다. 지금 드레이크가 반쪽짜리라는 것도 그런 의미였다.

하지만 검강의 기세만 따지면 파루스에 비해서 빅토르가 우세한 편이었기에, 파루스가 압도하기에는 힘든 상황이었다.

더군다나 파루스는 지금 케일라의 강제귀환에 다소 충격을 받은 상태였다.

'허… 케일라가….'

빅토르와 박빙의 대결을 펼치고 있던 파루스는, 케일라의 강제귀환에 잘못하다가는 아바투르가 지시한 일을 이행할 수 없을 것 같다는 위기감이 들었다.

더 이상 여유를 부릴 수 있는 상황이었기에 아직도 마스터급 뱀파이어와 싸우고 있는 작위마들에게 재빨리 지시를 내렸다.

"어서 지금 상대하는 놈들을 처리하고 케일라를 해치운 저 놈에게 모두 붙어라! 필요하다면 목숨을 끊어도 좋다!"

아까 전 나타났던 악마들은 수적으로 유리한 상황에도 불구하고 아직도 뱀파이어들과 싸우고 있는 중이었는데, 그것은 뱀파이어들이 피의 격노를 사용하면서 순간적인 출력을 높여 희생을 감수하지 않는다면 쉽사리 제압하기 힘들었기 때문이었다.

그리고 애초에 목숨만을 붙여놓는다고 말을 해놓은 지라 뱀파이어들의 동귀어진 식의 공격에도 제대로 된 대응을 못하고 있었는데, 이제 죽여도 좋다는 파루스의 지시가 떨어진 이상 더 이상 그런 방식은 통하지 않을 것이었다.

하지만 케일라를 처리해서 자유로운 상태의 드레이크가 전장에 뛰어들자 상황은 뱀파이어들 쪽으로 흐르기 시작했다.

애초에 드레이크의 말처럼 결국은 강자간의 싸움에서 결판이 나는 것이었다. 만일 드레이크가 여기 있는 마스터급 악마들만 다 처리한다면 A급 이하의 악마들 정도야 적은 수의 뱀파이어로도 충분히 지워버릴 수 있을 것이었다.

드레이크가 다시 하나의 악마를 강제귀환 시키고, 또 다른 악마를 노릴 때였다.

"거기까지 하지."

다시 누군가의 목소리가 들려왔다.

아바투르의 등장이었다. 아바투르는 바스라와 함께 라이트 소더를 찾으러 갔었지만, 그자가 이미 흔적을 지운 상태였기 때문에 결국 추적을 포기하고 이곳으로 온 것이었다.

이곳으로 출발할 때만 하더라도 부하들이 싸우는 모습을 구경하는 정도로 가볍게 생각하고 있었는데, 뜻밖에 케일라가 강제귀환 되는 것을 느낀 아바투르는 공간이동까지 펼치며 서둘러 날아온 상태였다.

"다… 당신은…."

전장을 장악하기 위해서 아바투르는 자신의 능력을 감추지 않았는데, 그에게서 느껴지는 강대함에 지금껏 자신만만했던 드레이크는 말까지 떨리고 있었다.

"호오. 네 놈의 악기(惡氣)도 보통이 아닌데?"

지금 아바투르는 드레이크를 보면서 입맛을 다시고 있었다. 몸 전체에 서린 악기의 질만을 놓고 보면 골수까지 악기로 물든 이형태의 몸에는 미치지 못했지만, 드레이크는 그랜드마스터의 강자였다.

즉, 그의 몸은 이형태의 몸보다 훨씬 높은 내구도를 갖고 있다는 것이었다. 또한 악기의 질은 약간 떨어졌지만 그 양은 이형태를 능가했기에, 아바투르는 지금의 몸과 드레이크의 몸을 저울질하기 시작하였다.

잠시 생각에 잠겼던 아바투르는 결국 지금의 몸을 선택하였다. 드레이크의 몸으로 옮겨간다면 내구력을 좋아지겠지만, 악기의 질이 지금보다 떨어지기에 동조화율이 떨어진다는 문제점이 있었다.

마기의 세밀한 컨트롤을 즐겨하는 아바투르에게는 내구도 보다는 동조화율이 더 중요하기에 결국 이형태의 몸을 선택한 것이었다.

고민하던 아바투르의 생각도 모르는 채, 옆에 있던 바스라는 기쁜 얼굴로 입을 열었다.

"호오. 주군 말대로 저 녀석의 악기는 상당하군요."

아바투르를 제외한다면 단연 자신이 가장 높은 서열이기 때문에 바스라는 당연히 자신이 드레이크의 몸을 가질 수 있을 것이라 생각했다.

김칫국을 마신 것이긴 하였지만 결과적으로는 아바투르가 드레이크의 몸을 포기한 상태이기에 그가 생각한 대로 될 가능성이 높은 상황이긴 하였다.

마치 맛있는 음식이나 잘빠진 자동차를 보는 듯 한 둘의 시선에 드레이크는 불쾌감이 들었지만, 아바투르의 기세에 눌린 드레이크는 그런 생각을 드러내지는 못하였다.

다만, 그런 시선에서 상황에 대한 추측은 할 수 있었다.

'우두머리로 보이는 자는 분명 이곳의 인간인데… 그렇다면 몸을 빼앗을 수 있다는 것인가? 그렇군. 그렇기에 지금과 같은 눈빛을 보이는 것이겠지….'

이로서 드레이크는 악마들의 행동에 대해서 이해할 수 있었다. 지금까지 악마들은 전투의 치열함에도 불구하고 최대한 뱀파이어들의 목숨을 붙여놓으려고 하고 있었다.

아바투르를 보기 전까지는 그런 행동이 이해가 가지 않았지만, 이제야 그들이 왜 그렇게 행동하였는지 이해가 갔다.

'결국 다른 놈들도 우리의 몸을 빼앗으러 온 것이군.'

드레이크가 복잡하게 머리를 굴리고 있는 동안, 빅토르는 아직까지 파루스와 전투를 이어나가고 있었다.

 파루스는 아바투르의 등장에 전투를 멈추려고 하였으나, 이지가 분명하지 않는 빅토르가 그를 놓아주지 않았기에 지금까지 전투는 이어지고 있었다.

 사실 아바투르가 전장 전체를 장악한 상황이라 모든 전투가 멈춰진 상태였는데, 유일하게 빅토르와 파루스만이 싸우고 있는 것이었다.

 그런 빅토르를 바라보던 바스라가 아바투르에게 말을 건냈다.

 "주군. 그랜드마스터 급의 인물이 저렇게 노예가 되어 버리다니 이곳의 흑마법도 무시하지는 못하겠군요.

 "저건 흑마법이라기 보다는 기물(奇物)에 의한 섭혼에 가깝군. 섭혼의 끈이 저 놈에게 이어져 있어."

 아바투르는 드레이크를 향해 손가락질을 하며 말했다.

 "아. 그렇군요. 그런데 저 노예는 경지는 높으나 악기가 별로 없어 숙주로 쓰긴 힘들 것 같은데 어쩌시겠습니까?"

 "처리해야겠지."

 말을 마친 아바투르는 빅토르를 향해 가볍게 손을 휘저었다.

 쿠아앙~!

 굉음과 함께 빅토르가 서 있던 자리는 움푹 파여 들어갔는데, 그 곳에는 상처투성이의 빅토르가 자신의 검을 지팡이 삼아 버티며 한 쪽 무릎을 꿇고 있었다.

　갑작스러운 공격이었지만, 빅토르는 전신의 마나를 뿜어내며 호신막을 펼쳐 간신히 버텨냈던 것이었다.

　"호오. 이지가 흐려진 상태에서도 저런 판단을 하다니. 노예가 되기 전에는 꽤나 재능 있는 녀석이었을 것 같습니다."

　"그랜드마스터 급까지 올라갔다는 사실만으로 재능은 어느 정도 증명한 것이겠지. 하지만 네 말처럼 노예가 된 상태에서 버텨낼 줄은 몰랐군. 파루스! 어서 처리해라!"

　아바투르의 마지막 말은 지금껏 빅토르와 싸우던 파루스에게 한 말이었다.

　나름 치열한 전투를 벌이던 파루스는 갑작스럽게 빅토르를 타격한 아바투르의 공격에 순간적으로 놀랐지만, 내색하지 않고 아바투르의 명을 받들었다.

　쉬익~ 털썩~!

　파루스의 대검은 빅토르의 목을 향했고, 이미 아바투르의 공격을 버티느라 대부분의 힘을 소진해버린 빅토르는 큰 반항도 하지 못한 채 파루스의 대검에 목이 날아가 버렸다.

　"헉…. 빅토르님이….

　"아….

"안 돼~!"

빅토르가 나타났을 때 환호했던 뱀파이어들은 그의 죽음에 탄식의 말을 내뱉을 수밖에 없었다.

자신들의 구세주로 알았던 빅토르가 이렇게 허무하게 죽어버리자, 안 그래도 아바투르 등장 이후에 침체된 뱀파이어 쪽의 분위기는 더욱 가라앉아버렸다.

그런 뱀파이어들의 생각을 아는지 모르는지 지금 드레이크의 심경은 매우 복잡한 상태였다.

'어떡하지… 이제 쓸 수 있는 카드는 다 썼는데…. 할 수 없지. 도박을 해봐야겠군….'

마음의 결정을 내린 드레이크는 아바투르에게 텔레파시를 보냈다.

[벨리알의 로드 드레이크입니다. 대화를 하실 수 있겠습니까?]

드레이크가 보낸 뜻밖의 텔레파시에 호기심을 느낀 아바투르는 그의 물음에 답을 하였다.

[이 상황에서 무슨 대화를 하자는 것이지?]

[일종의 협상을 말하는 것이지요. 지금 전투를 보니 군주의 군세는 우리의 목숨을 빼앗는 일을 자제하고 있는 것을 알 수 있었습니다. 그리고 지금 군주의 몸 역시 이곳의 인간임이 틀림없어 보이니 이 전투의 목적은 살아있는 뱀파이어들의 몸을 확보하려는 것 아닙니까?]

[…. 파루스 녀석이 너무 노골적으로 일을 벌였군.]

적당히 싸우면서 살아남은 놈들만을 대상으로 해도 충분할 텐데, 아바투르의 명을 제대로 완수하고 싶었던 파루스는 최대한 살생을 자제하는 방향으로 전투를 진행하였었다.

그리고 그 모습에 드레이크 역시 악마들의 목적을 알 수 있었던 것이었다.

이미 드레이크가 눈치를 챈 듯하자 아바투르는 굳이 드레이크의 말을 부인하지는 않았다.

[저도 눈이 있는데 충분히 알 수 있는 부분이었지요.]

[어쨌든 그래서 어쩌겠다는 것이냐? 지금이라도 네 놈을 처리하고 뱀파이어들을 숙주로 삼을 수 있을 텐데 말이야.]

아바투르의 말처럼 이미 그가 전장을 장악한 상황에서 드레이크가 제시할 수 있는 제안은 없었다. 그 혼자 힘으로 지금의 뱀파이어들을 다 해치울 수 있었기 때문이었다.

그리고 드레이크 역시 이 부분을 알고 있었다. 그렇기 때문에 지금 드레이크가 할 제안이라기보다는 벼랑 끝 전술과도 같은 협박의 일종이었다.

[물론 그렇지요. 하지만 제가 지금 뱀파이어들에게 지시를 내려 결사 항전해서 옥쇄한다면 어찌시겠습니까? 그리고 사로잡히면 악마의 제물이 되어서 죽지도 살지도 못하

는 상태가 되니 항전하다가 밀릴 것 같으면 심맥을 끊어 자결하는 것이 낫다고 지시하면 군주의 목적을 이루시기 힘드실텐데 말입니다.]

[…. 영악한 놈이로군.]

지금 악마들은 뱀파이어들을 다 해치울 수는 있어도 죽으려고 마음먹은 뱀파이어들을 다 살릴 수는 없었다.

애초에 이들을 죽이러 온 것이 아니라 사로잡으러 온 것이기에, 드레이크가 그와 같은 행동을 한다면 목적을 달성하지 못하게 되는 것이었다.

[그런 소리를 많이 들었지요.]

[그래서 네가 원하는 것은 무엇이냐?]

아바투르는 이렇게 묻고는 있었지만 어처구니없는 말을 한다면 드레이크부터 제압하고 다른 뱀파이어들 중 마스터 급만이라도 심맥을 끊기 전에 사로잡을 생각이었다.

어차피 마스터급 뱀파이어들만이라도 확보한다면 그 목적을 상당히 달성했다 할 수 있었기 때문이었다.

하지만 영악한 드레이크는 아바투르가 생각지 못한 이야기를 하였다.

[저만 살려주시면 됩니다.]

[뭐? 허… 네가 네 입으로 이 집단의 로드라 하지 않았나? 그런데 너 혼자 살겠다고?]

아바투르는 드레이크가 영악하다 생각했지만 드레이크

는 영악보다는 비열한 쪽에 가까웠다.

[그렇습니다. 저는 루시페르의 로드 블라디미르의 죽음을 지켜봐야할 의무가 있습니다. 그러기 위해서는 무슨 짓이라도 할 각오가 되어있지요. 그리고 애초에 저는 이곳의 로드 따위가 아니었지요.]

이곳의 원래 로드는 아까 전에 죽음을 맞이한 빅토르였다. 드레이크는 블러드 코어의 힘으로 그를 구속한 뒤에 로드의 자리를 강탈한 입장이었다.

그렇기에 벨리알 소속의 뱀파이어들에 대한 미련 같은 것은 없었다. 벨리알의 뱀파이어들은 드레이크에게는 얼마든지 이용할 수 있는, 그리고 버릴 수 있는 대상이었다.

드레이크의 말에 따르면 그에게 무슨 사연이 있어보였지만, 아바투르는 그런 사연 따위에는 별 관심이 없었다. 그가 알고 싶어 하는 것은 단 하나였다.

[그럼 널 살려준다면, 넌 내게 무엇을 줄 수 있느냐?]

협상이라는 것은 주고받는 것이었다. 아바투르가 드레이크에 목숨을 살려준다면 드레이크 역시 아바투르에게 그에 상응한 것을 주어야 협상은 이루어질 것이었다.

그리고 드레이크의 대답은 아바투르의 기대에 부응했다.

[이 곳의 뱀파이어들을 산 채로 모두 군주께 바치겠습니다.]

벨리알의 로드인 드레이크의 명이라면 뱀파이어들을 악마들에게 내주는 것은 어렵지 않았다.

물론 제물이 될 것이라 말한다면 휘하의 뱀파이어들이 따르지 않을 것이지만, 적당한 미사여구로 속인다면 손쉽게 모든 뱀파이어들을 숙주로 사용할 수 있을 것이었다.

아바투르의 생각에 드레이크의 제안을 받아들이지 않을 이유가 없었다. 드레이크의 몸을 이용하지 못한다는 문제는 있지만, 가까이에서 살펴본 그의 상태는 이상한 기물에 이미 몸이 장악되어 있는 상태라 숙주로서의 활용도는 낮아보였다.

애초에 드레이크의 몸을 탐내고 있던 바스라도 그런 드레이크의 상태를 알아챘는지, 아쉽게 입맛을 다시고 있는 상태였다.

[흠… 그런데 만약 내가 네 제안을 받아들인 다음, 나중에 널 해치울 수 있을 것이라는 생각은 하지 않느냐?]

[하지 않았을 리가 없지요. 그래서 부족하지만 나름의 안전장치도 있습니다.]

[안전장치?]

[지금 마스터급 이상의 뱀파이어들은 제가 가진 블러드 코어가 소멸하면 그 생명들을 함께 잃게 될 것입니다. 그리고 블러드 코어는 저의 심장과 일체화가 되어 있어 제가 죽으면 같이 소멸할 것입니다.]

지금 드레이크의 말은 자신이 죽으면 부하들이 같이 죽
는다는 이야기였다. 이런 용도로 사용하기 위해서 시전한
대법은 아니었으나, 공교롭게도 지금 드레이크의 목숨을
구하는 생명줄이 되어 주고 있었다.

　물론 그 대법을 시전 받은 뱀파이어들은 이런 사실을 모
르고 있었다. 진혈의 증폭도를 높여주는 대법 정도로만 알
고 있는 상태였다.

　[그렇다면 확실히 널 죽이는 것보다 살리는 쪽이 낫겠
군. 역시 영악한 녀석이군.]

　[그럼 합의가 이루어진 것으로 알겠습니다.]

　그렇게 드레이크가 살아남는 대가로 벨리알의 뱀파이어
들은 악마들의 숙주가 되고 말았다.

8장. 해원

NEO MODERN FANTASY STORY & ADVENTURE

현세귀환록

8장. 해원

띠리리리~ 띠리리리~

테이블에 앉아서 서류를 검토하던 벤자민은 휴대전화의
벨소리에 자신의 휴대전화 액정을 바라보았다.

그 액정의 화면에는 탈로스라는 이름이 떠올라 있었다.
연락처는 알고 있지만 평소에 교류가 없던 탈로스의 연락
에 고개를 갸웃거리던 벤자민은 통화승락 버튼을 누르며
전화를 받았다.

"탈로스님. 무슨 일입니까?"

[벤자민 총재. 우리 루시페르에서 공식적으로 유니온의
도움을 원하오.]

"갑자기 무슨 말입니까?"

[위원회가 있었으면 위원회에 요청을 했을 것이나, 지금은 위원회가 없으니 유니온에 요청을 하는 것이오.]

"…. 요청은 알겠는데, 그 사유가 무엇입니까?"

사유를 물어보는 벤자민의 말에 탈로스는 이를 악무는 소리와 함께 잠시 대답을 하지 못하다가, 간신히 말을 한다는 느낌으로 벤자민에게 대답했다.

[루시페르의 본부가 벨리알, 아니 악마들에게 넘어갔소!]

"네? 본부가 넘어가다니… 그리고 지금 벨리알이 그렇게 했다는 것입니까? 악마들이 그렇게 했다는 것입니까?"

약간 모호한 듯한 탈로스의 말에 벤자민은 정확한 사실을 알기 위해서 한 번 더 물었다.

[악마들이 벨리알 소속 뱀파이어들의 몸을 입었소. 벨리알의 로드였던 드레이크만이 제 정신을 유지하고 있는 듯보였고, 나머지 뱀파이어들은 뱀파이어가 아니라 악마들이었소!]

"그… 그런… 아. 그럼 로드이신 블라디미르님은 어떻게 되셨습니까?"

벤자민은 물어보면서도 긍정적인 대답이 나오지 않을 것을 직감하고 있었다. 만일 블라디미르가 건재했다면 제3대행자인 탈로스가 연락할 것이 아니라 블라디미르가 직접 연락했을 것이기 때문이었다.

[… 악마들의 우두머리에게 당하고 말았소. 돌아가시는 모습을 직접 보지는 못했지만, 본부에 있던 나머지 뱀파이어들을 살리기 위해서 피의 폭주를 시전 하셨으니 지금쯤은 아마…]

피의 폭주는 경지에 오른 뱀파이어가 할 수 있는 마지막 수단이었다.

피의 격노가 진혈을 각성시켜 일정시간 동안 자신의 능력을 능가하는 힘을 보이는 방법이라면, 피의 폭주는 진혈을 태워서 그 진혈이 타는 동안 폭발적인 힘을 발휘하는 방법이었다.

훨씬 더 강한 힘을 발휘할 수 있는 만큼 당연히 그 패널티는 더욱 컸다. 피의 격노가 각성 시간이 끝나고 나면 그 기간에 따라서 일정 시간 요양을 해야 하는 것에 비해, 피의 폭주는 폭주 시간이 끝나고 나면 진혈이 다 타버려서 시전자는 생명을 잃게 되었다. 즉, 목숨을 걸고 사용하는 방법이었다.

그렇기 때문에 지금 탈로스는 블라디미르의 죽음을 당연시 하고 있었다.

"하긴 블라디미르님이 계셨다면 탈로스님께서 연락할 리가 없겠지요… 그럼 지금 새로운 로드는 탈로스님이 되신 것입니까?"

[지금 로드를 추대할 상황은 아니지 않소. 다만, 제3대 행자로서 지금 루시페르에서는 내가 가장 높은 서열이다 보니 내가 이렇게 나서게 되었소.]

루시페르에는 제1대행자부터 제5대행자까지의 다섯 대행자가 있었다. 하지만 1, 2 대행자는 블라디미르의 정책에 반하여 루시페르를 떠난 상태였고, 이후 그들이 돌아올 것을 생각해서 지금까지 1, 2 대행자의 자리를 채우지 않고 있는 상황이었다.

"그렇군요. 그럼 지금은 어디에 계시는 것입니까?"

[일단 모스크바에서 남하하여 악마들로부터 자유롭다고 알려진 한국 쪽으로 가고 있소. 그 곳에 도착한 이후 각 지부에 있던 인원들을 불러 모아 향후 대책을 논의하려하오.]

자연스러운 수순이었다. 하지만 벤자민은 뭔가가 생각났다는 듯 탈로스에게 물었다.

"아. 혹시 벨리알의 드레이크가 제 2대행자로 복귀를 주장하며 루시페르 지부의 규합을 꾀할 수도 있지 않겠습니까?"

루시페르를 떠났던 제 1 대행자가 벨리알을 창설한 빅토르였고, 제 2 대행자가 빅토르를 먹어 삼키고 다시 벨리알의 로드 자리에 오른 드레이크였다.

드레이크가 빅토르를 종속자로 만든 것은 알려지지 않

은 사실이지만, 루시페르의 1, 2 대행자가 루시페르를 떠났다는 사실은 꽤나 유명한 일이었다.

더군다나 그렇게 떠난 빅토르는 루시페르의 로드인 블라디미르의 아들이었기에 그 놀라움은 더 컸었다.

이후, 빅토르는 자신들을 따르는 뱀파이어들을 모아서 벨리알이라는 조직을 만들어서 카오틱에빌로서 활동한 반면 드레이크는 몇 년 전 벨리알을 집어삼킬 때까지 행방이 묘연한 상태였었다.

[그럴 리는 없소. 드레이크가 악마 쪽에 붙은 것을 목격한 자가 한둘이 아니니 말이오. 그리고 블라디미르님 앞에서 드레이크 스스로가 악마의 하수인이 되었다고 직접 말을 한 사항이니 그 스스로가 그럴 생각이 없다고 할 수도 있겠군.]

"흐음… 혹시 빅토르의 소식은 들은 바가 없습니까?"

[….벨리알에서 도망쳤던 뱀파이어에 따르면 악마들의 우두머리에게 죽었다고 하는군. 그 사실을 들은 블라디미르님께서 충격을 받은 상태에서 악마들이 들이닥쳤었소. 만일 블라디미르님만 온전한 상태였다면 상황이 이렇게 되지는 않았을 것인데…]

벨리알 소속 뱀파이어 모두가 악마들의 숙주가 된 것은 아니었다. 숙주로 쓸만한 악기가 없는 뱀파이어들도 제법 있었고, 그 전란 중에 도망친 뱀파이어들도 있었다.

그래서 당시의 정보가 루시페르까지 전해진 상태였다. 그리고 그 소식을 들은 블라디미르는 열세의 상황에서도 후퇴하려하지 않고 결사 항전하려다가 피해를 키운 측면이 있었다.

"우선 알겠습니다. 내부 검토 후 빠른 시간 안에 답변을 드리겠습니다."

[…. 알겠소. 그럼 기다리겠소.]

과거 위원회의 고위층에 속했던 자들은 지금 유니온이 퍼니셔의 손아귀에 들어간 것을 잘 알고 있다.

그래서 벤자민이 유니온의 총재이긴 하지만 큰 사안은 그 혼자 판단으로 처리하는 것이 아니라 퍼니셔의 지시를 받는 것 또한 알고 있었다.

탈로스 역시 이 사실을 알고 있었기에 벤자민을 결정을 재촉하지 않고 기다린다는 말을 남길 수밖에 없었다.

탈로스와 전화를 끊은 벤자민은 잠시 생각에 잠겼다.

'그 강하던 루시페르가 무너졌다고? 악마들의 힘이 생각보다 큰 것 같군. 아무리 제니아 시스템의 퀘스트로 능력자들에게 동기부여를 한다고 해도 루시페르가 무너질 정도면 강민님이 나서야 하지 않을까 싶은데… 일단 여쭤봐야겠군.'

어차피 지시를 받아야 하는 벤자민은 그만 생각을 정리하고 강민에게 전화를 걸었다.

강민이 벤자민과의 통화를 끝내자 옆에 있던 유리엘이 강민에게 물었다. 당연히 그녀는 벤자민의 목소리 또한 다 들었기 때문에 통화의 내용은 잘 알고 있었다.

"민, 어떻게 하려고 해요?"

"음… 이렇게 되면 이제는 처리하는 것이 맞겠지. 더 이상 예행연습으로 보기엔 피해가 너무 커질 것 같아.

"그건 그렇고 얼마 전 제니아가 상급의 악마들이 악마탐지기에 잡히지 않는다 했던 이유가 바로 이것 때문인가 보네요."

몇 주 전 정기보고에서 제니아는 악마탐지기로 파악했던 악마들 중 A급 이상 악마들의 상당수가 탐지기에서 사라졌다는 보고를 하였었다.

악마 탐지기는 악마들의 마기로 탐색을 하는 것이라, 숙주를 얻어서 인간이나 뱀파이어 같은 이 세계에서 태어난 생명체의 몸에 들어가게 되면 찾을 수가 없었다.

당시 보고로는 그 이유까지는 알 수 없었지만, 이제야 그 이유를 알 수 있게 된 것이었다.

악마들이 탐지가 되지 않는 다는 것은 인간 세상에 큰 문제로 작용할 수 있는 부분이었다.

지금까지 악마들은 악마 탐지기에 그 위치와 등급 정도

가 낱낱이 파악되어, 이능력자들은 자신의 등급에 맞는 악마를 상대할 수 있었다.

하지만 몸을 얻은 악마들은 이 탐지기에 걸리지 않아서 인간들은 악마가 어디에서 어떻게 나타나서 피해를 줄지 알 수가 없는 상황이 되어버린 것이었다.

지금이야 루시페르를 목표로 한 드레이크의 요청 때문에 루시페르부터 쳤지만, 이제 루시페르를 해결한 이상 무차별적으로 인간세상에 대한 공격이 들어올 것이었다.

따라서 이 악마들을 빨리 처리하지 않는다면 인간세상의 혼란과 피해는 더욱 더 가중될 것이 자명하였다.

"그렇군. 악마들을 찾으려면 전에 말한 세부 스캔을 해야하지? 제니아 시스템을 멈춰야 하는 건가?"

"일단 카르마 시스템은 놔두고 다르마 시스템만 잠시 중지 시켜서 세부스캔을 한 번 돌릴게요."

"음? 전면 중단해야 하는 것 아녔어?"

저번에 물어보았을 때에는 제니아 시스템 전부를 잠시 멈추어야 한다고 하였는데 지금 유리엘은 일부 중단만으로도 세부 스캔을 할 수 있다고 이야기 하고 있었다.

"어느 정도 충전이 된 상태니 마나 소모가 큰 다르마 시스템만 한 달간 중지한다면 지구 전역을 대상으로 한번 정도는 세부 스캔이 가능할 것 같아요. 아직 실시간 세부 스캔까지는 무리겠지만 그 정도만 해도 충분할 것 같아요."

現世 7
歸還錄

"어차피 핵심 악마들만 잡으면 될 일이니까. 밑에 녀석들이야 이 세계의 인간으로도 충분하겠지."

"아, 그런데 루시페르는 어쩔 거에요?"

벤자민의 말에 따르면 루시페르의 잔당들은 일단 한국을 목표로 남하하고 있는 중이라 하였다. 초인이라 할 수 있는 그들의 속도로는 얼마 지나지 않아 북한 지역까지는 도착 할 것이었다.

"어차피 악마들은 처리하려 했으니, 그 놈들은 루시페르와 관계없이 처리하면 될 것인데…."

루시페르가 도와 달라는 것은 자신들의 성지에서 악마들을 몰아내는 것을 도와 달라는 것이기에 악마들을 처리하는 것만으로 그들의 요청에 들어주었다고 할 수 있는 상황이었다. 하지만 유리엘이 묻는 것은 그것이 아니었다.

"그렇죠. 악마들은 당연히 그렇게 할 것이고, 이왕 이렇게 된 거 시아에게도 묵은 원한을 해결할 기회를 주는게 어때요?"

정시아는 루시페르와 오래된 원한이 있었다. 정확히 말하면 루시페르의 제 5 대행자인 드미트리와 정시아가 구원이 있는 것이었다.

과거 정시아가 강민의 식솔이 되었을 때 강민은 정시아의 원한을 갚아 준다는 제안을 하였었는데, 그 때 정시아의 대답은 자신이 능력을 길러 해결하겠다는 것이었다.

당시에는 B급 능력자 밖에 되지 않아서 원한을 해결한 능력이 되지 않았지만, 지금은 그녀 역시 마스터가 된 상황이었다. 이제는 그녀 스스로 문제를 해결할 수 있는 위치가 된 것이었다.

그녀 역시 그런 것을 느끼고 있는지 마스터가 되고, 제니아 시스템이 도입된 뒤로 지금까지보다도 훨씬 더 열심히 수련에 임하고 있는 중이었다.

"흐음… 그런데 그 드미트리라는 자는 마스터가 된지 수십년은 되었을 것인데 시아가 가능할까? 괜히 좌절감만 더 주는 거 아닐까?"

어차피 생존 마법기를 지급하였기에 목숨을 잃을 염려는 없었다. 하지만 고된 노력의 끝이 또 실패로 끝난다면 그녀는 실의에 빠질 가능성도 있었다.

"호호호. 민도 이제 시아를 많이 아끼나 봐요. 그런 생각까지 해주다니 말이에요."

"아. 뭐…."

강민이 그답지 않는 쑥스러운 표정을 짓자 유리엘은 재미있다는 표정으로 말을 이었다.

"그런 좌절감 정도는 이겨낼 수 있어야 성장이 있겠죠. 얼마 안 있으면 웜홀의 대폭주가 일어날 텐데 미리미리 단련해둬야 하지 않겠어요?"

"그렇긴 하지. 그래, 일단 악마들을 처리하고 나면 시아를 드미트리인가 하는 녀석과 대면 시켜주자."

"그래요. 그럼 세부 스캔을 해볼까요?"

말을 마친 유리엘은 눈을 감고 잠시 집중을 하였다. 현재 마나 위성의 통제권을 제니아에게 넘긴 상태이지만, 유리엘은 여전히 마나위성을 컨트롤 할 수 있었다.

통제권은 한명에게만 줄 수 있는 것도 아니었고, 그 통제권의 등급은 당연히 마나위성의 제작자인 유리엘이 더 높았기에 설령 제니아가 마나위성을 운용 중이라 하더라도 유리엘의 명령에 따라 마나 위성은 움직이게 되어 있었다.

그렇게 몇 분여의 시간이 지나자 감겨있던 유리엘의 눈이 떠지며 아름다운 그녀의 눈동자가 드러났다. 그리고 그녀의 눈동자 속에는 흥미 있는 일이 생겼다는 것을 알려주듯이 재미있다는 기색이 가득하였다.

그녀의 그런 분위기를 알아챈 강민이 유리엘에게 물었다.

"무슨 일이야?"

"아. 시기가 너무 공교로워서요. 재미있네요. 호호호."

"공교롭다니 뭐가?"

강민의 물음에 유리엘은 친절히 스크린까지 띄우면서 설명을 해주기 시작하였다.

"러시아에서 지금 한국으로 남하한다는 루시페르 녀석

들이 한국에 들어오기 직전에 결국 악마들에게 따라잡혀서 전투가 벌어졌어요. 저기 보이죠?"

"그렇군. 음. 그럼 일을 한 번에 처리하려면 시아까지 데리고 가야겠네."

어차피 악마들을 처리하고 나면 루시페르의 제 5 대행자 드미트리와 정시아 간의 문제를 해결하려 하였기에 강민의 반응은 어쩌면 당연한 것일 수도 있었다.

하지만 유리엘이 재미있다는 것은 여기에서 그치지 않았다. 잠시 스크린을 조작하여 다른 곳의 화면을 보여주며 유리엘은 말을 이었다.

"그런데 그것뿐만이 아니에요."

"또 뭐가 있어?"

"저기 봐요. 루시페르에서 백두일맥에 연락해서 그런지, 아니면 자기들 영역에서 싸움이 벌어져서 그런지는 모르겠지만, 지금 백두일맥에서 루시페르와 악마들이 싸우고 있는 전장으로 빠르게 다가가고 있었어요. 아까 속도를 보면 지금쯤이면 도착했을 것 같아요."

지금 악마들이나 루시페르의 뱀파이어들이나 다들 한가락 하는 녀석들이라 그런지 대부분 추적을 방해하는 마나 파장을 뿌리고 다니는 상태였다.

그래서 세부 스캔으로는 실시간 추적이 가능하지만 세부 스캔을 끝낸 지금의 마나 위성의 상태로는 실시간 추적까지는 할 수가 없었다. 그렇기에 지금 유리엘은 도착했을 것이라는 추정을 하고 있는 것이었다.

그런 유리엘의 말을 들은 강민은 고개를 끄덕이며 그녀의 말에 반문하였다.

"루시페르에서 단독으로 악마들과 싸운다면 얼마 전 본부에서 쫓겨난 전력이 있으니 당연히 밀릴테지만, 백두일맥에서 돕는다면 그리 일방적이지는 않겠는데?"

"그렇죠. 백두일맥에는 광검지경인 백무성이 있으니 쉽게 밀리지는 않을 거에요."

얼마 전 강민에게 두드려 맞으며 심마를 제거한 백무성이 최근에 제대로 된 광검지경에 올랐다는 것을 강민과 유리엘은 알고 있었다.

혹시 또 같은 심마에 빠질까봐 강민이 약간의 잔류마나를 남겨 놓았었는데, 그것이 광검지경에 다시 오르면서 사라졌기 때문이었다. 그래서 지금 악마 군주와의 전투가 벌어진다고 해도 단숨에 척살당할 것이라는 생각은 들지 않았다.

그렇게 유리엘이 스크린에 띄운 화면을 이리저리 보여주며 설명을 이어가고 있을 때, 강민은 무언가 생각났다는 표정을 지으며 유리엘에게 물었다.

"아. 악마들의 군주는 누군지 확인했어?"

"그걸 확인하려 한거니 당연히 그것부터 찾아봤죠. 보

니까 인간의 몸을 숙주로 삼았던데 여기서 더 재미있는 사실이 있어요."

"이거 스무고개 퀴즈를 하는 것도 아닌데, 계속해서 재미난 점이 나오는구만."

"호호호. 이게 마지막일거에요. 저기 봐요, 악마들의 군주가 숙주로 삼은 인간이 바로 이형태에요."

유리엘은 스크린의 한 부분을 확대해서 강민에게 보여주었는데, 강민은 그 얼굴을 보고 누군지 알겠다는 표정으로 말했다.

"허… 저기 저 녀석은…. 설마 그 때 그 놈이야?"

이형태는 흔한 성에 그리 특이할 것 없는 이름이었지만, 강민과 유리엘이 아는 이형태는 하나 밖에 없었다. 그리고 지금 스크린에 나오는 얼굴 또한 그 기억과 동일하였다.

바로 과거 무명 연예인의 성폭행 미수를 했었던 폭력조직 일광회의 두목 이일광의 아들 이형태 말이었다.

"허… 그 때 보았을 때는 악마 군주가 들어갈 정도의 제물이 될 녀석은 아니었는데…."

이미 무수한 경험을 통해서 강민은 악마들의 제물이 될 만한 물질계의 생명체들에 대한 특성들은 잘 알고 있었다.

하지만 당시 이형태의 상태는 강민이 아는 조건에 들어

맞는 부분이 하나도 없었다. 그렇다면 그 이후로 그 조건을 충족했다는 것인데, 그렇다면 이유는 하나 밖에 없었다.

"아마 민이 시전 한 금고아의 술법이 영향을 준 것이겠죠. 근본부터 악한 마음을 갖고 있는 녀석이 악한 생각을 품을 때마다 고통을 받는다고 그 생각을 하지 않을 리가 없지요. 아마 복수심과 함께 점점 더 악한 생각을 품다가 그가 견딜 수 있는 한계를 넘어선 것 같아요."

"그랬다면 그 악기가 골수, 아니 영혼까지 장악했겠군. 그래야 악마 군주가 들어갈 정도의 재물이 될 수 있겠지."

여기까지 말한 강민은 잠시 생각하다 말을 이었다.

"흠…. 그렇게 생각한다면 이번 악마의 창궐 중 일부분은 내 책임이라 할 수도 있겠군."

악마의 창궐을 웜홀 폭주를 대비한 훈련정도로 생각하긴 하였지만, 지금까지 인세에 끼친 피해는 만만치 않았다.

지금 대부분의 국가에서 여행을 제한하고 있었고, 계엄을 선포한 국가도 상당수가 있었다.

그리고 이능력자들이 충분하지 않은 몇몇 소국에서는 스스로 방어할 상황이 되지 않았기에 아예 유니온에 완전히 기대고 있는 나라조차 발생하고 있는 상황이었다.

"뭐 따지고 보자면 그럴 수도 있겠죠. 하지만 지금의 예방주사가 없었으면 나중에 웜홀이 폭주하면 피해는 더 클 것 같은데요?"

"그렇긴 하지."

"어쨌거나 민이 그렇게 생각한다면, 이제 결자해지를 하러 가볼까요? 호호호."

악마 군주가 이형태임을 몰랐을 때에도 처리하려 하였는데, 일말의 책임감까지 느끼는 지금은 더욱 망설일 이유는 없었다.

"그래, 가는 길에 애들도 데리고 가지. 시아야 옛 일을 해결해야 할 것이고. 강훈이나 엘리아도 최근 수련에 열심이던데, 실력이 얼마나 늘었는지 보자고."

"그래요. 음. 지금 애들은 중국에 있네요. 그리로 가서 데리고 가죠 뭐. 그럼 가볼까요?"

유리엘의 말에 강민이 고개를 끄덕이자 유리엘은 언제나처럼 손가락을 튕겼다.

딱~!

✤

백두산 인근의 산자락에서는 수백명 간의 대규모 전투가 진행 중이었다. 루시페르와 아바투르가 이끄는 악마들 사이의 전투였다.

전투가 시작 된지 꽤나 시간이 지났는지 전장에서는 이미 전술이나 대형은 사라진지 오래였고, 모두가 뒤섞인 마구잡이식의 난전이 벌어지고 있었다.

채앵~ 챙~

"죽어라!"

"아악!"

한 곳에서는 검과 검이 맞대어지며 치열하게 전투를 벌이고 있었지만, 다른 한쪽에서는 각종 마법이 난무하며 대량의 생명을 빼앗아 가기도 하였다.

지금도 전장의 한 구석에서 거의 일 미터 규모의 불덩이가 떠오르더니 악마들이 모여 있는 곳으로 날아갔다.

휘이이잉!

"모두 피해라!"

"안 돼!"

쿠아앙!

"으아악!

"커헉…."

불덩이 공격은 수많은 악마들의 비명소리를 자아내며 많은 악마들을 강제귀환 시켰지만, 아직도 수많은 악마들이 남아 있었고 그 숫자는 루시페르의 몇 배 이상은 되어 보였다.

그렇게 여기저기서 부딪히는 소리, 깨지는 소리, 터지는 소리가 나며 수백명의 인원들이 얽혀서 전투를 벌이고 있었다.

모두가 악에 바쳐있는지 생사를 도외시한 공격을 하고 있었지만, 그 중에서도 전장의 중심에서 벌어지는 전투의 흉험함은 다른 모든 전장을 합친 것보다도 더 심각하였다.

하지만 그 전투는 이미 막바지에 다다른 듯 해보였다. 어느 정도 승패가 갈린 상황이었기 때문이었다.

"흐흐. 여기까지가 끝인가 보군."

나라크의 몸을 입은 파루스가 2미터가 넘는 대검을 어깨에 척 걸치며 탈로스에게 말을 건냈다.

하지만 이미 오른쪽 팔이 날아가 버린 탈로스는 한 쪽 무릎을 꿇은 채 나머지 팔로 바닥을 지탱하고 있을 뿐 아무런 대답도 하지 못하였다.

그런 탈로스를 비웃기나 하는 듯, 이레인의 얼굴을 한 또 다른 악마가 입을 열었다.

"호호호. 제대로 된 숙주를 얻은 파루스님은 역시 대단하시네요. 저 뱀파이어도 나름 한 수가 있었던 것 같은데 이렇게 손쉽게 처리하시는군요."

"역시 물질계에서 움직이려면 물질계 놈들의 몸을 입는 것이 가장 좋지. 어떠냐? 지금 네가 입은 몸도 악기는 좀

부족하지만 드물게 내구력이 좋은 여성체 아니냐. 확실히
낫지 않느냐?"

이레인 역시 마스터에 도달한 뱀파이어였기에 내구력
은 평범한 뱀파이어에 비해서 월등히 좋다고 할 수 있었
다.

하지만 이레인의 몸을 입은 악마는 왠지 걱정스러운 표
정을 하며 파루스에게 말을 건넸다.

"네, 그렇지요. 그런데 듣기로는 지금 이 몸이 케일라
후작님께서 노리던 몸이라 들었는데…."

케일라에 비해 하위 작위인 여자악마는 그것이 두려웠
는지 말을 제대로 잇지 못했는데, 파루스는 별 것 아니라
는 말투로 그녀에게 말을 건넸다.

"크크큭, 그랬었지. 하지만 뭐 어떠냐? 이제 케일라 그
멍청한 년이 강제귀환 되어버렸는데."

"하지만, 돌아간다면…."

"겁먹을 것 없다, 벨리카. 어차피 강제귀환 후유증에서
벗어나려면 최소 십년은 걸릴 것이니까. 하하하하."

자의로 돌아간 악마라면 모를까 강제귀환 된 악마는 그
후유증이 상당했다. 마계로 귀환하는 준비과정 없이 갑자
기 마계로 귀환되어 버렸기 때문에 파루스의 말처럼 마기
를 안정화 시키는 것에만 최소 십년 이상의 시간이 필요하
였다.

더군다나 드문 경우이긴 하지만 사스투스처럼 마핵마저 상해버린다면, 마계로 귀환한 뒤 과거의 경지마저 찾기 힘든 경우도 발생하기도 하였다.

하지만 이런 내용을 벨리카가 모르는 것은 아니었다. 요악한 벨리카는 케일라보다는 약간 윗줄에 있다고 할 수 있는 파루스에게 자신의 안전을 확인받고 싶었기에 이런 이야기를 꺼냈던 것이었다.

자작정도에 불과한 벨리카의 능력으로는 케일라가 후유증에 시달린다 하더라도 감히 케일라에게 대적하기 힘들었기 때문이었다.

그런 벨리카의 기색을 읽었는지, 아니나 다를까 파루스는 한마디 말을 더 덧붙였다.

"뭐 만약 케일라 년이 너한테 해코지를 한다면 내가 막아주지. 네 년의 기술이 이렇게 좋은 줄은 몰랐군. 나중에 마계로 돌아가서도 내 휘하로 오너라. 흐흐흐."

음침한 웃음소리를 내뱉은 파루스는 전투 중임에도 불구하고 옆에 있던 벨리카의 가슴을 이리저리 주물렀고, 이미 십수번 이상 몸을 섞은 벨리카 역시 그게 싫지 않은지 적극적으로 파루스에게 몸을 맡기며 그에게 안겼다.

후작위의 파루스는 휘하에 자신의 정욕을 받아주는 많은 악마들이 있었지만, 그 스스로가 마룡족인 만큼 대부분 마룡족 여성체 악마였다.

그리고 애초에 전투 종족인 마룡족은 성적인 관계에서 쾌감을 느끼는 것이 아니라, 살육과 파괴에서 쾌락을 느끼기에 사실 파루스는 성적인 부분에는 큰 관심이 없었다.

하지만 이번에 뱀파이어의 몸을 갖고 같은 뱀파이어인 벨리카와 몸을 섞어보니 육체관계에서 오는 쾌감이라는 것은 파괴와 살육에서 오는 쾌감과는 또 다른 차원의 쾌감이었다.

늦게 배운 도둑질이 무섭다고, 이렇게 새로운 쾌감에 눈뜬 파루스는 나중에 마계로 돌아가서도 적극적으로 인간형의 마족을 수집하여 이 쾌감을 즐길 계획이었다.

파루스 정도의 능력자라면 신체변환에 자유로웠기 때문에 굳이 인간이나 뱀파이어의 몸을 입을 필요는 없었다.

그렇기에 자신에게 이렇게 쾌락을 주는 벨리카는 나중에 마계로 귀환하면 가장 먼저 자신의 하렘에 넣을 생각이었고, 허무하게 강제귀환 되어버린 케일라 따위에게 그녀가 괴롭힘을 당하도록 놓아두지는 않을 생각이었다.

어차피 벨리카 역시 그런 것을 목적으로 파루스에게 접근하였기에 둘의 욕망이 맞아떨어진 것이라 할 수 있었다.

파루스의 안하무인적인 모습에도 탈로스를 비롯한 루시페르의 지도부들은 아무런 말을 할 수가 없었다.

전투에서 패색이 짙은 상황에서 그런 행동에 대해서 말할 수 있는 여유가 없었기 때문이었다. 그래도 파루스가 그런 행동을 하여 시간을 끌어주었기 때문에, 탈로스는 어느 정도 숨을 돌릴 수 있었다.

그렇게 다소 몸을 추스린 탈로스는 고개를 들어 그의 옆에 있는 여성 뱀파이어를 잠시 바라보았다.

우아하다는 말이 잘 어울릴 것 같은 얼굴의 여성 뱀파이어는 계속되는 전투와 도주에 다른 뱀파이어들과 마찬가지로 무척이나 지쳐 보이는 모습을 하고 있었다. 하지만 그녀의 태생적인 우아한 모습은 그런 힘든 상황에서도 바래지 않고 빛나고 있었다.

그녀는 탈로스가 바라보는지도 모르는 채 이제 다시 시작될 전투에 온 신경을 집중하고 있었다. 그 때 탈로스가 그녀에게 텔레파시를 보내왔다.

[예카테리나, 아무래도 나는 여기까진 것 같소.]

탈로스의 갑작스러운 텔레파시에 예카테리나라 불린 여성 뱀파이어는 깜짝 놀라는 표정을 짓더니 그에게 답을 하였다.

[탈로스! 무슨 소리에요!]

[로드께서 행한 일을 나도 해야 한다는 소리요. 지금 상황에서 우리 루시페르를 존속시키려면 이 방법 밖에는 없을 것 같소.]

로드가 한 일이라면 얼마 전 악마들의 대침공 때 블라디미르가 한 피의 폭주를 이야기하는 것이었다. 그리고 이 피의 폭주의 대가는 죽음이었다.

이 사실을 알고 있는 예카테리나는 떨리는 기색을 감추지 않으며 그에게 대답하였다.

[안돼요, 탈로스! 차라리 여기서 모두 피의 격노를 사용해서 승부를 내 보아요! 그리고 이미 백두일맥에 연락을 했잖아요. 조금만 버티면 백두일맥에서 구조대가 올 거에요!]

[휴… 이미 피의 격노를 사용한 수하들이 절반이 넘소. 그리고 나머지 절반은 그것을 사용한다면 후유증에 이 자리를 벗어나기조차 힘들 것이오. 또한 백두일맥을 기다리다 탈출시기를 놓쳐, 대부분의 수하들이 죽는다면 그것 또한 천추의 한으로 남을 것이오.]

[그렇지만….]

[리나. 당신도 알고 있지 않소. 이 방법만이 수하들을 최대한 많이 살릴 수 있는 유일한 방법이라는 것을 말이오.]

탈로스의 그 말에 이를 악문 예카테리나는 대답조차 못하고 부릅뜬 두 눈에서 눈물만을 흘릴 뿐이었다.

그녀의 그런 모습에 탈로스는 담담히 말을 이었다.

[리나, 지난 200년간 고마웠소. 당신이 없었다면 난 결

코 대행자의 자리에도 듀크급의 뱀파이어도 되지 못했을 것이오. 그리고…. 이렇게 먼저 가서 미안하오….]

제 3 대행자인 탈로스와, 제 4 대행자인 예카테리나는 이미 200년 전에 부부의 연을 맺은 사이였다.

그렇게 200년이 넘는 오랜 시간 동안 큰 다툼 하나 없이 늘 한결같은 모습의 부부였기에 그 슬픔은 더 클 수밖에 없었다.

하지만 탈로스의 말처럼 지금 루시페르를 책임지고 있는 상황에서 그가 택할 수 있는 선택의 폭은 너무 좁았다.

[……탈로스….]

그런 상황을 알고 있는 예카테리나는 탈로스의 이름을 읊조리는 것 외에는 할 수 있는 일이 없었다.

예카테리나와의 말을 마친 탈로스는 그녀의 반대쪽에 있는 미청년 드미트리에게도 말을 건넸다.

[드미트리. 나는 이제 로드처럼 피의 폭주를 사용할 생각이다.]

[3 대행자님!]

[놀랄 것 없다. 어차피 우리 루시페르를 이어가기 위해서는 불가피한 방법이니. 어쨌든 내가 피의 폭주를 사용하고 나면 너는 예카테리나와 함께 살아남은 수하들을 이끌고 어서빨리 남하하거라! 운이 좋다면 이곳으로 오는 백두

일맥과 만날 수도 있겠지.]

[차라리 백두일맥을 기다리시는 것이…]

드미트리 역시 예카테리나와 같은 말을 하였다. 하지만, 조금 전 그녀에게 말한 것처럼 악마들이 얼마의 시간을 줄지 모르기 때문에 같은 말로 드미트리를 설득하였다.

[…. 그렇기 때문에 지금은 내가 피의 폭주를 사용할 수밖에 없다. 어쨌든 일단 한국의 영토로 들어가면 악마들이 접근할 수 없는 것은 잘 알려진 사실이니 그 곳에서 루시페르의 지부를 규합하여 반드시 우리 루시페르를 재건해야 할 것이야!]

탈로스의 죽음을 각오한 결의를 드미트리는 막을 수가 없었다. 그리고 막을 수 있는 상황도 아니었다.

그래서 드미트리는 눈물 젖은 표정으로 고개를 끄덕일 수밖에 없었다.

그렇게 둘에게 할 말을 모두 다 한 탈로스는 잠시 몸속을 관조하더니 이미 끓어오를 대로 끓어오른 진혈을 한 번 더 자극하였다.

마나가 이미 끓어오른 진혈을 자극하면서 진혈은 끓는 것을 넘어 스스로 타기 시작하였고, 이내 탈로스에게 엄청난 힘을 부여하기 시작했다.

그 힘의 발현이 상당한 고통을 수반하는지 악물린 탈로스의 입에서 약간 신음성이 새어나왔다.

"으… 으윽…."

아직도 벨리카의 가슴을 떡 주무르듯이 주무르던 파루스는 갑작스레 터져 나오는 마나에 놀라 전면을 바라보았는데, 그 곳에는 몸 전체가 붉게 변한 탈로스가 자신의 롱소드를 들고 강대한 기파를 내뿜고 있었다.

아직 그랜드 마스터에는 오르지 못했지만, 이미 마스터의 경지에서는 극에 달해있는 탈로스였기에 피의 폭주를 시전 한 지금 그의 상태는 초입의 그랜드 마스터와도 해볼만 한 상태였다.

"뭐냐? 호오. 그래도 숨겨진 한 수가 있다는 것이었군."

벨리카를 잠시 뒤로 물린 파루스는 오른손에 들고 있던 대검을 휘휘 저으며 전투 준비자세를 취하였다.

성적인 쾌락에 눈을 뜨긴 하였지만, 마룡족 출신답게 파루스에게는 여전히 전투가 가장 큰 쾌락을 주는 일이었기에 기꺼운 마음으로 앞으로 나섰다.

파루스를 보조하고 있던 백작급의 악마들도 파루스가 자세를 잡자 다시 전투 준비를 하였다.

그 순간 탈로스의 옆에서 더 큰 기파가 터져 나오더니 지옥의 염화(炎火)와도 같은 불길이 나타났다. 그리고 나타남과 동시에 순식간에 파루스에게 날아간 불길은 그에게 직격하며 터져나갔다.

콰~아앙~!

바로 탈로스의 옆에 있던 예카테리나가 한 일이었다. 갑작스러운 그녀의 상황에 탈로스는 황망해하며 그녀에게 외쳤다.

"리나! 이게 무슨 짓이오! 그리고 피의 폭주라니! 어서 그만두고 드리트리를 데리고 이곳을 피하시오!"

탈로스가 놀란 이유는 두 가지였다. 하나는 그녀가 이렇게 나섰다는 것이고 다른 하나는 그녀 역시 피의 폭주를 사용했다는 것이었다.

하지만 이미 마음을 굳힌 예카테리나는 탈로스의 외침에도 단호한 말투로 그에게 대답하였다.

"어차피 당신이 없으면 난 살 수 없어요! 저 놈을 잡고 우리 같이 저승으로 가요! 그리고 지금 폭주를 중단해 봤자 그 후유증으로 짐만 될 뿐이에요!"

여기까지 말한 예카테리나는 이번에는 드미트리를 향해 외쳤다.

"드미트리! 너는 어서 수하들을 끌고 남하 하거라!"

예카테리나가 참전한 것을 확인한 드미트리 역시 같이 전투에 뛰어들려고 하였으나, 자신만을 바라보던 수하를 본 드미트리는 입술을 깨물더니 수하들에게 외쳤다.

"3, 4 대행자님들의 희생을 허투로 만들지 마라! 나를 따르라!"

이미 나이가 지긋한 몇몇 뱀파이어들은 탈로스와 예카테리나와 함께 악마군과 맞섰으나 상당수의 뱀파이어들은 드미트리를 따라서 빠르게 전장을 이탈하였다.

✣

한참을 달려가는 드미트리의 등 뒤로 거센 마나 충돌의 여파가 느껴졌으나 드미트리는 눈물을 꾹 참으며 빠르게 남쪽을 향해서 달려 나갔다.

그러나 탈로스와 예카테리나의 희생에도 드미트리는 전장에서 완전히 빠져나갈 수는 없었다. 그들이 가는 길에는 십여 명의 악마가 이미 길을 가로막고 서 있었기 때문이었다.

드미트리 역시 마스터의 경지에 있는 뱀파이어였기에 보통의 악마라면 그냥 베고 지나갔을 것이지만, 지금 앞에 있는 악마들은 보통의 악마들이 아니었다. 바로 아바투르를 필두로 한 바스라 그리고 드레이크 및 그 수행악마들이었다.

악마들 역시 한국 땅으로 가면 그들이 들어가기 힘들다는 것을 알고 있었기에 완전히 루시페르를 끝내기 위해서 여기서 기다리고 있었던 것이었다.

"파루스 녀석, 결국 여기까지 뱀파이어들을 보내는군

요. 숙주까지 입은 몸이라면 충분히 혼자서 상대할 만할텐데 말입니다."

바스라의 말에 아바투르는 재미있다는 표정으로 그에게 말했다.

"너 역시 지금 숙주의 몸에 적응하려면 좀 더 움직여봐야 하지 않겠나? 그럴 수 있는 좋은 기회라 생각하면 되겠군."

아바투르의 말처럼 지금 바스라 역시 과거 벨리알의 뱀파이어였던 키로스탄의 몸을 숙주로 사용하고 있었다.

"주군 말처럼 적응을 해야 하긴 하지만, 지금 저 놈들로는 부족하지요. 얼마 전 러시아에서 해치운 이놈들의 로드 정도는 되어야 제대로 된 적응을 할 수 있지 않겠습니까? 하하하."

"녀석. 그 때 그 놈이 마지막에 생명을 태우면서 냈던 힘에 당황했으면서 그런 이야기를 하는 것이냐."

아바투르의 지적에 바스라는 약간 쑥스러워하는 듯한 표정으로 대답을 하였다.

"아… 그렇긴 하지만…."

"어쨌든 이놈들을 처리하며 적응도나 올려 보거라. 이 녀석들만 처리하고 나면 한국이란 나라에 펼쳐진 결계를 한 번 확인해봐야겠다. 그렇게 광범위한 영역에 펼쳐진 결계는 천계에서도 보기 힘들 것인데 말이야."

"네. 주군!"

그렇게 아바투르와 바스라가 이야기를 나눌 때 옆에 있던 드레이크가 바닥에 부복하며 아바투르에게 말을 건넸다. 이미 아바투르를 주군으로 모시기로 한 드레이크는 무릎을 꿇는 행동에 거리낌이 없었다.

"주군, 저 놈들 중에서 가장 앞에 있는 저 뱀파이어는 제가 상대하겠습니다."

드레이크가 가리키는 자는 바로 루시페르의 마지막 대행자인 드미트리였다.

"호. 저 녀석과도 은원이 있었던 것이냐?"

"네. 저자가 로드인 블라디미르의 또 다른 아들이지요. 그리고 그의 마지막 핏줄이기도 합니다."

"그렇군. 그렇다면 저자가 마지막이라는 것이지?"

"네. 그렇습니다. 저자만 처리한다면 제 몸과 영혼은 모두 주군께 바치겠습니다. 제 몸을 다른 분의 숙주로 사용한다 해도 기꺼이 드리겠습니다."

드레이크가 아바투르의 수하로 들어간 이후 그에게 요청한 유일한 것이 루시페르의 괴멸과 블라디미르 일가의 척살이었다.

그렇게만 한다면 자신의 영혼을 내어주는 계약도 마다하지 않겠다고 말하며 아바투르를 설득하였다.

영혼을 준다는 것은 단지 몸을 주는 것과는 다른 차원의 문제였다. 윤회의 가능성을 모두 버리고 영원히 계약한 악마의 노예로 살아가야하는 것이었다.

더군다나 몸과 영혼을 모두 획득할 수 있다면 단지 몸만 숙주로 삼는 것보다 월등히 높은 효율로 숙주를 사용할 수 있었기에 아바투르는 거절할 이유가 없었다.

지금 아바투르가 사용하는 이형태의 경우는 악기에 영혼이 잠식당해서 영혼 자체가 변질 되어 버린 상황이라 영혼의 힘을 쓰기 힘든 상황이었다.

물론 그 몸과 영혼을 장악한 악기 때문에 일반적인 숙주에 비해서는 훨씬 더 많은 마기를 끌어올 수 있었지만, 만일 이형태가 그 악기를 유지하며 자발적으로 영혼을 바쳤다면 지금보다도 더 많은 마기를 가져올 수 있었을 것이었다.

더군다나 드레이크는 그랜드마스터의 경지에 오른 강자였다. 그리고 그 속에 있는 악기는 이형태를 훨씬 능가하였다.

따라서 만일 드레이크의 몸과 영혼을 받아서 오롯이 이용할 수 있다면 지금 이형태의 몸으로 사용할 때보다도 더 많은 마기를 마계에서 가져올 수 있을 것이었다.

마계에서의 능력에 비교해보면 그 때의 7할 가까이의 능력을 발휘 할 수 있을 것으로 추정이 되었다.

이런 상황을 종합하여 아바투르는 드레이크의 요청을

받아들였고, 루시페르를 제 1의 타겟으로 삼아 지금껏 공격해 왔었다.

"마지막이라… 그래 마지막인 만큼 네가 마무리해야겠지. 바스라, 적응도는 다음에 올려야겠다."

바스라 역시 아바투르와 드레이크 사이의 계약에 대해서 잘 알고 있었기에 별 말없이 뒤로 물러나 드레이크에게 기회를 주었다.

아바투르의 허락을 받고 전면에 나온 드레이크의 두 눈은 붉게 충혈되어 있었다. 이백년이 넘는 시간 동안 가슴에 품어왔던 복수가 마무리 되는 시점이었기 때문이었다.

'아버지. 이제 곧 블라디미르 일가를 지구상에서 모두 지워버리겠습니다… 제 영혼마저 악마에게 바쳤기에 저승에서도 뵐 수 없겠지만. 이제 우리 일족의 원한을 풀겠습니다. 지켜봐 주십시오….'

루시페르의 로드였던 블라디미르의 풀네임은 블라디미르 폰 카르마인이었다. 그리고 이 카르마인 혈족은 드레이크의 혈족인 디오니크 혈족과 함께 루시페르를 창건했던 두 주역 중의 하나였다.

과거 루시페르 창설 전까지만 해도 뱀파이어들은 하나로 뭉쳐진 단체가 없었고, 대부분이 혈족 단위로 움직이고 있는 상황이었다.

고대의 뱀파이어들은 특유의 능력으로 자신들이 속한 인간 사회를 배후에서 조종하며 인간의 피를 취하는 생황을 하고 있었는데, 인간 이능력자들이 단체를 이루기 시작하면서 이야기가 달라졌다.

　특히, 뱀파이어에게 피해를 본 사람들이 만든 뱀파이어 헌터라는 조직은 오랜 시간동안 수많은 뱀파이어들을 척살하며 뱀파이어들의 공포로 불리기도 하였다.

　수십 개의 혈족이 이 뱀파이어 헌터에게 괴멸 당하자, 뱀파이어들도 세력을 규합할 필요를 느꼈다. 그래서 세력이 약한 혈족은 세력이 강한 혈족에게 의탁하기 시작했고, 수백개가 넘던 뱀파어어의 혈족들은 수십 개의 혈족으로 재편되는 상황이 벌어졌다.

　이렇게 머릿수가 많아진 혈족들은 적극적으로 뱀파이어 헌터들과 맞서 싸웠고, 몇몇 혈족에서는 자체적인 헌터 킬러들까지도 운용을 하며 뱀파이어들과 헌터 사이의 균형을 맞추고 있었다.

　이때까지만 해도 모든 뱀파이어를 아우르는 조직에 대한 이야기는 나오지 않았었다.

　하지만 뱀파이어의 피가 포션의 재료가 된다는 이야기가 퍼지면서 또다시 상황은 달라졌다. 그것은 뱀파이어 헌터뿐만 아니라 다른 이능력자들도 뱀파이어를 노리기 시작했기 때문이었다.

전면적으로 이능력자들이 나서기 시작하자 덩치가 커진 혈족조차도 인간 이능력자들의 연합공격에 밀리는 경우가 종종 발생하였다.

결국 수위권에 드는 혈족마저 인간 이능력자 연합에 쓰러지는 상황이 벌어지자, 뱀파이어들 사이에서도 전체를 아우르는 조직의 필요성에 대한 이야기가 나오기 시작했다.

그 결과 뱀파이어의 혈족 중 가장 큰 혈족 두 개인 카르마인 혈족과 디오니크 혈족의 주도하에 통합 단체의 창설 논의가 이어졌고, 결국 두 혈족과 상위 10개 혈족이 함께 하여 통합단체가 설립되었다. 그것이 바로 루시페르였다.

루시페르가 창설되며 뱀파이어들이 조직적인 대응을 하자, 인간 이능력자들의 피해가 너무 커졌고 결국 전면적인 공방은 잠정적으로 소강상태에 접어들었다.

물론 이후에도 뱀파이어의 혈액에 대한 수요는 있었기에 사냥 자체가 없어진 것은 아니었지만, 과거처럼 혈족 자체를 공격하는 것이 아니라 외부에서 활동하는 뱀파이어를 공격하는 식으로 바뀌었다.

과거의 상황이 전면전이라면 그 정도 공방은 휴전이라 할 수 정도로 지엽적인 문제였기에, 루시페르가 등장하며 문제가 해결되었다고 해도 과언은 아니었다.

그렇게 창건된 루시페르 최초의 로드는 카르마인 혈족에서 맡았다. 이는 차기 로드는 디오니크 혈족에서 맡는다는 약정을 전제로 하여 합의 된 사항이었다.

실제로 최초의 로드 이후 차기 로드는 디오니크 혈족에서 맡았고, 그 이후 세 번째는 다시 카르마인 혈족으로 넘어갔다.

문제는 네 번째 로드 선정에서 생겼다. 분명 이번 차례는 디오니크 혈족에서 맡을 차례였는데, 차기 로드 예정자인 디오니크 혈족의 장이자 혈족에서 유일한 그랜드마스터급 뱀파이어인 자크레이가 갑작스럽게 살해당해 버렸기 때문이었다.

혈족에서는, 아니 혈족뿐만 아니라 루시페르에서도 그 범인을 색출하기 위해서 전방위적으로 노력하였지만, 범인을 찾을 수가 없었다.

더군다나 그랜드마스터 급 뱀파이어를 상대하기 위해서는 상대도 그 정도의 역량은 갖추어야 할 텐데, 그런 범인을 찾는 것 자체가 쉽지 않았다.

결국 뱀파이어 헌터 수장의 짓이라는 잠정적인 결론을 내린 채, 조사는 종결할 수밖에 없었다.

이렇게 되자 디오니크의 혈족에서는 로드를 맡을 수 있는 사람이 사라져 버렸고, 결과적으로 카르마인 혈족에서 차기 로드를 선정하여 연속으로 로드를 수행하게 되었다.

그렇게 로드가 된 뱀파이어가 현재, 아니 지금은 죽은 블라디미르였다. 그리고 당시에 죽음을 맞이하였던 디오니크 혈족의 장이 드레이크의 아버지인 자크레이였다.

자크레이의 죽음은 디오니크 혈족에게는 커다란 충격이었다. 그랜드마스터급인 만큼 절대자라하고 해도 과언이 아닌 능력을 갖고 있는 자크레이였는데 로드 양위 이야기가 나올 무렵 너무 허무하게 가버렸다.

특히, 자크레이의 아들 드레이크에게는 더 큰 충격이었다. 그러나 그 충격의 이유는 다른 디오니크 혈족의 뱀파이어들과는 달랐다.

자크레이의 죽음을 목격한 유일한 뱀파이어가 드레이크였기 때문이었다.

별에 관심이 많았던 드레이크는 자크레이가 죽던 그날도 별을 보기 위해 밤하늘을 살펴보다가 수 킬로미터 밖에서 발생 생소한 불빛에 망원경을 돌렸다가, 아버지 자크레이의 죽음을 확인하였다.

흉수는 당시 루시페르의 로드인 크라서스와 그의 아들 블라디미르였다. 둘 다 그랜드마스터의 강자였기에 자크레이 혼자서 그들을 상대하기란 어려운 상황이었다.

더군다나 크라서스와 이야기를 하는 동안 블라디미르가 뒤에서 치명상을 가했기에, 자크레이는 별다른 저항도 하지 못한 채 죽음을 맞이하고 말았다.

이후 블라디미르는 자크레이의 진혈을 채취하는 등 뱀파이어 헌터가 한 짓처럼 꾸몄고 드레이크는 멀리서 그 광경을 똑똑히 지켜볼 수 있었다.

전혀 생각지도 않았던 아버지 자크레이의 죽음에 드레이크는 사실을 밝히려 하였으나, 상황이 그렇게 돌아가지 않는다는 것을 곧 깨달을 수 있었다.

그 역시 100여살이 넘는 뱀파이어였기에 순진하게 사실을 밝혔다가는 자신 역시 크라서스 부자에게 살해당할 가능성이 높다는 것을 알고 있었다.

이후 드레이크는 아무것도 모르는 것 인양 수련에만 집중하였고 결국 제 2 대행자의 자리에까지 올랐다. 하지만 그의 마음 한 구석에는 언제나 블라디미르 일가에 대한 복수의 칼날이 자리하고 있었던 것이었다.

그리고 우여곡절 끝에 블라디미르와 그의 큰아들 빅토르까지 처리한 이상, 저 멀리 있는 드미트리만 처단한다면 이제 블라디미르의 더러운 피는 그 명맥을 끊을 수 있을 것이었다.

물론 카르마인 혈족 자체야 많이 남아있지만, 핵심이라 할 수 있는 수장의 직계만 끊어버린다면 자신의 원한을 풀 수 있을 것이라 생각하였다.

그렇게 생각을 정리한 드레이크가 앞으로 나서는 것을 보고 루시페르의 가장 앞에서 그들을 이끌고 있던 드미트리가 먼저 입을 열었다.

"드레이크! 이 배덕자(背德者)! 네 놈이 악마를 끌어들여 우리 루시페르를 이 지경으로 만들었구나!"

드레이크는 드미트리의 배덕자라는 말이 우스운지 비웃는 듯한 표정으로 웃음을 짓다가 그의 말에 대답했다.

"크크큭… 배덕자라… 하긴 네 놈은 블라디미르가 무슨 짓을 저지른지 모르고 있었지. 빅토르만 해도 그 사실을 알고 있었는데 말이야."

"무슨 소리냐!"

"애초에 배덕자는 네 놈의 부친 블라디미르였다는 말이다."

드미트리는 드레이크의 말에 잠시 혼란을 느꼈지만, 이내 표정을 굳히고 고함을 질렀다.

"헛소리 하지마라! 네 놈이 배덕자이자 배신자인 것은 여기 있는 루시페르의 전 뱀파이어가 다 아는 사실이지 않느냐! 어디서 감히 로드를 욕보이려 하는 것이냐!"

드레이크는 드미트리의 외침에 혀를 차며 불쌍하다는 표정을 지었다.

"쯧쯧… 하긴 진실을 모르는 지금이 더 행복하겠지. 하지만 블라디미르의 유일한 핏줄인 네 놈이 행복 속에서 죽어가게 할 수는 없지. 네 놈은 모르겠지만…"

드레이크는 과거 루시페르의 비사를 핵심만 풀어서 드

미트리에게 설명하였다. 이 설명은 드미트리에게만 하는 것이 아니라 살아남은 루시페르의 뱀파이어 전체에게 하는 것이나 마찬가지였다.

이미 죽은 블라디미르였지만, 드레이크는 그의 죽음이 고결한 희생으로 기억되는 것을 원치 않았기 때문이었다.

드레이크의 이야기를 다 들은 드미트리는 격렬하게 머리를 흔들며 강한 부정의 말을 내뱉었다.

"개소리하지마라! 드레이크!"

"크크… 지금 내가 널 속여 무얼 하겠느냐? 이제 네 놈만 처리하고 나면 내 몸과 영혼은 모두 저기 아바투르님께 바쳐질 것이다. 나는 더 이상 이 세상에 미련이 없다는 말이야. 그런 상황에서 내가 널 속이기 위해서 거짓을 말하랴?"

드레이크가 몸과 영혼을 바친다는 이야기가 진실인지는 모르겠으나 압도적으로 유리한 상황에 있는 드레이크가 거짓을 말할 이유는 없었다.

그렇게 혼란스러움이 가득한 표정으로 멍하게 있는 드미트리에게 드레이크는 자신의 애검을 빼어들고 다가섰다.

"저승에 가면 네가 직접 블라디미르에게 물어 보거라!"

드레이크의 검에는 이미 붉은 강기가 덧씌워져 있었고, 지금 그의 강기를 받을 수 있는 사람은 루시페르 측에선 없었다.

자신의 앞에서 발현되는 강대한 강기의 힘에 정신을 차린 드미트리는 잠시 상황을 고민하다가 곁에 있던 수하들 중 가장 높은 직급의 수하에게 텔레파시를 건냈다.

[우리가 같이 살아남기는 힘들 것 같다. 내가 피의 폭주를 사용하면 즉시 모든 수하들은 이곳에서 사방으로 흩어져서 도주하라! 일정거리를 도주하고 나면 남쪽으로 피해서 한국으로 들어가. 아직 악마들이 그곳으로 들어오지는 못한다고 하니 그 곳에서 지부장들에 연락을 해서 지시를 받도록 해라.]

한 곳으로 도망쳐서는 바위에 치는 계란이 되고 말 것이라는 생각에, 드미트리는 사방으로 흩어지도록 명령을 내렸다.

여기에 있는 악마들이 강자이긴 하지만 10명에 불과하기에 사방으로 흩어진다면 삼백여명이 남는 루시페르의 뱀파이어들 중 누군가는 살아남을 수 있을 것이라는 판단에서였다.

그렇게 드미트리가 피의 폭주를 시전하려고 할 때 전장의 남쪽에서 커다란 목소리가 들려왔다.

"멈추어라!"

아직 남쪽에서는 누구의 모습도 보이지 않았지만, 그 존재감만은 강렬하게 드러났다. 아마 이곳에서 전투가 벌어지는 것을 눈치 채고 일부러 그런 존재감을 보이는 것 같았다.

얼마 지나지 않아서 삼십여명의 무사들이 전장에 도착했는데, 그 선두에는 흰색 도포를 입은 백무성이 서 있었다.

드미트리와 루시페르의 잔당에게 마지막 희망의 동아줄이 내려온 것이었다. 드미트리는 과거 루시페르를 방문했던 백무성을 알고 있었기에 반가운 목소리로 그를 불렀다.

"백가주님! 드디어 오셨군요!"

"허어… 서둘러 온다고 왔는데 이것 밖에 남지 못한 것이오? 3 대행자 탈로스와 4 대행자 예카테리나는 어찌되었소?"

"그것이…."

백무성은 드미트리의 표정만 보아도 상황이 어찌된 것인지 알 수 있었다. 이 상황에서 자신에게 연락을 한 탈로스가 보이지 않는다는 것은 당연한 생각을 떠올릴 수밖에 없었다.

"그렇군. 무슨 상황인 줄 알겠소. 굳이 말하지 않아도 되오. 어쨌든 이제는 안심하시오. 여기는 우리가 맡겠소."

백무성이 맡는다는 이야기에 드레이크 뒤쪽에 있던 바스라가 입을 열었다.

"백가주라 했던가? 그간 잘 지내셨소?"

"이 기운은…. 그렇군. 그 때 도망갔던 악마 놈이군."

전에 만났던 바스라는 마계에서 몸을 투영하여 이곳에 몸을 구성한 상태였기 때문에, 키로스탄의 몸을 입을 지금과 외모가 달랐다.

하지만 백무성은 그 속에 있는 기운을 읽어내어 바스라가 당시의 그 악마임을 알 수 있었다.

"허허. 도망이라니. 그 때는… 뭐 작전상 후퇴 정도로 해둡시다."

"그게 도망이지 않나? 그래, 이번에도 도망칠 생각이냐?"

〈8권에서 계속〉

Mark
마크

NEO FUSION FANTASY STORY
이경훈 퓨전 판타지 장편소설

가진 것 없이 맨 몸으로
최고의 마법사가 되기 위한 모험을
이제부터 시작한다!

별뜻 없이 설문조사에 참여한 후 잠이 든 수호.
일어나 보니 다른 세계의 마크가 되었다!
설문 내용대로 판타지 세계로 넘어 온 수호..

그런데 하필 선택한 것이
마법사에 고아라니!

마법을 그 어떤 것보다 우선시하는 것,
이게 마법사에게 가장 중요한 것이다.
너는 이미 그러고 있지.

REVENGE
리벤지 헌팅
HUNTING

목마 현대 판타지 장편소설
NEO MODERN FANTASY STORY & ADVENTURE

판데모니엄
최종 보스 데루가 마키나에 의해
멸망한 인간 세계

최종 전투에서 가장 늦게 죽었단 이유로 선택 되어
헌터 김호정은 데루가 마키나에 의해 다른 세상으로 보내지
정우현으로써 다시 태어난 그는 새로운 삶에 적응하기 우
데루가 마키나로부터 멸망할 세상을 막기 위
다시금 헌터의 길을 걷게 된

어느 날 갑자기 나타난
판데모니엄과 그 안의 던전
그리고 그곳의 주인이자
마지막 몬스터 데루가 마키나

이 모든 것을 경험한
한 헌터의 복수가 시작된다

®출판 일정에 따라 출간일은 변경될 수 있습니다

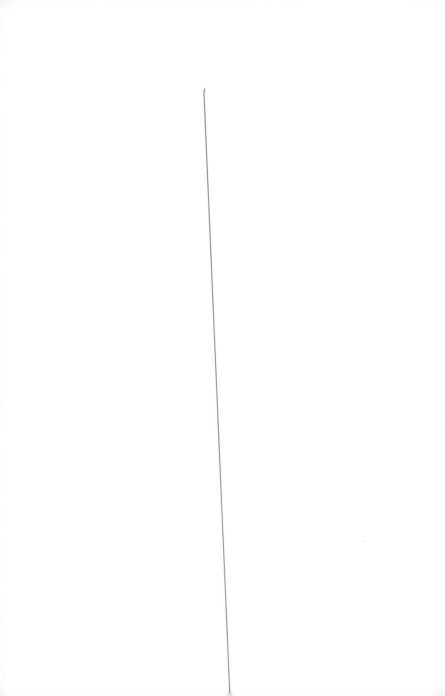